U0105151

文学

广西历代美文

杨东甫 编著

广西教育出版社

图书在版编目（CIP）数据

广西历代美文 / 杨东甫编著. —南宁：广西教育出版社，2021.6
（文化广西）
ISBN 978-7-5435-8950-6

Ⅰ.①广… Ⅱ.①杨… Ⅲ.①古典散文—文学欣赏—中国 Ⅳ.①I207.62

中国版本图书馆 CIP 数据核字（2021）第 080572 号

出 版 人 石立民
出版统筹 郭玉婷
设计统筹 姚明聚
印制统筹 罗梦来
责任编辑 韦胜辉
特约编辑 陈逸飞
责任校对 谢桂清 陆婭澄
美术编辑 李浩丽
责任印制 蒋 媛
书籍设计 姚明聚 徐俊霞 刘瑞锋
唐 锋 魏立轩

出　　版 广西教育出版社
广西南宁市鲤湾路 8 号　邮政编码　530022
发行电话 0771-5865797
印　　装 广西广大印务有限责任公司
开　　本 1230 mm × 880 mm　1/32
印　　张 6.5
字　　数 100 千字
版　　次 2021 年 6 月第 1 版　2021 年 6 月第 1 次印刷
书　　号 ISBN 978-7-5435-8950-6
定　　价 28.00 元

前　言

◆

什么是“美文”？这可能是一个很难有统一答案的问题。

观察者的身份立场不同，或者说审美观的不同，发现的美可能也不一样。所谓“一千个读者便有一千个哈姆雷特”，此之谓也。

观察的角度、评价所依据的标准不同，同样可以有不同的美感。“横看成岭侧成峰”是也。文之美否，一般多从整体观察评判。但若分解观之，抓住最突出之处，或有文辞之美，或有组织结构之美，或有论辩技巧之美，或有哲理之美，或有精神之美；又或一文而备数美，或一美成为亮点。若非吹毛求疵、求全责备，所有这些文章都可以说是美文。不过，尽管有种种因素导致审美结果的差异，但也不必因此而否定人类有共同的审美观。对文之美，亦可作如是观。文之美恶，固可见仁见智，但是，美文认定的基本倾向与标准还是存在的。例如唐宋八大家的散文名篇，其地位、评价千年以来就很少有人提出异议。

从全国层面看，在数千年古代文学史上，若与江南、中原文学大省相比较，广西的文学成就确实难以分庭抗礼，这是毋庸讳言的，但也绝非一无可取，尤其是在清代。临桂词派之为清代词

坛重镇，此处暂且不论；仅以广西散文而言，即已未可小觑。

晚清重臣、学界名流曾国藩，在其《欧阳生文集序》中，论及清代著名散文流派桐城派“教主”之一姚鼐培植门生的影响力在全国的分布情况，特别表出姚鼐弟子梅曾亮（字伯言）、吴德旋（字仲伦）与广西古文名家之传承关系，认为广西散文家乃是桐城派劲旅之一。

近代学者刘声木所撰《苌楚斋随笔》，引梅曾亮语曰：“天下文章，其萃于粤西乎？”这更进一步说明广西彼时散文誉为天下文章精华之所在。而龙启瑞、朱琦、王拯、彭昱尧四位，加上他们的前辈吕璜，被后世称为“粤西五大古文家”。

不过，盛名之下的“粤西五大古文家”，并不足以代表整个清代广西散文的全部成就或最高成就。若依愚见，清前期的谢良琦、谢济世两位全州籍作家，以及晚清的象州作家郑献甫，这几位的散文成就绝不在“五大家”之下。那么，突出清代广西之文，就意味着清代以前的广西文章一无可取吗？非也。

先秦时代姑不论。从汉代到元代的广西文献，传流至今的实在太少，文学作品尤其如此。早在两千年前的汉代，苍梧（今广西梧州）就以经学研究闻名全国，涌现出陈钦、陈元父子及士燮等著名学者。整体而言，汉代古文文风好辩论而尚质朴。

唐代，以韩愈、柳宗元为代表的古文运动，影响了此后千余年的中国文坛。即使在当时，地处南疆的广西也已经受其余荫，重要媒介就是柳宗元被贬柳州。试看唐代广西状元赵观文唯一的传世文章《桂州新修尧舜祠祭器碑》，其间就有韩柳笔法。此种文学浸润，代代相承，直到清代桐城派中的广西劲旅，依然可以看到其受韩柳文学的影响。

宋元两代，尤其是元代，传世的广西古文仍然为数甚少，难以做出整体评判，但如冯京和契嵩的作品，依然可圈可点。

至于明代，可称之为广西文学史上古文的第一个繁荣期，为清代的高峰期奠定了基础。表现在作家作品数量大增，且不乏名家名作，如蒋冕、张翀等“柳州八贤”、张鸣凤、龙国禄等，翱翔文坛，皆非凡鸟。

广西确实应该好好总结先人的文学艺术成就。至今为止，大致可以称“广西文选”的著述，唯见民国时期莫一庸先生编纂的《广西乡贤文选》一书。从这个角度说，此书有开创之功。但此书的不足也很明显：首先，选文面过于狭隘，因为该书只收入清代、民国作家作品；其次，选文重在作者“乡贤”身份而非重在文章本身；还有，该书文体较杂，分量亦不大。

《广西历代美文》一书是否已将广西历代美文“一网打尽”？恐怕还不能那样说。一者篇幅有限，笔者原选出的篇章已淘汰过半；二者虽然一些作家的作品十分出色，但出于全局与平衡的考虑，仍只得忍痛割爱；三者有些文章，其中某些内容文字在今天看来不合时宜，为免争议，也只能放弃。

目　录

汉代·唐代·五代

宋代·元代

明代

清代

汉代·唐代·五代

乞立左氏博士疏

〔汉〕陈元

【关于作者】

陈元，字长孙，汉代苍梧广信（今广西梧州市）人。光武帝建武初举孝廉，先后任司空李通、司徒欧阳歙幕僚。为当时研究《春秋》《左传》的著名学者，著有《春秋训诂》《左氏异同》等。其父陈钦、其子陈坚卿亦为学者，与其父、其子并称“三陈”。

【原文】

陛下拨乱反正，文武并用。深愍经艺谬杂，真伪错乱，每临朝日，辄延群臣讲论圣道。知丘明至贤，亲受孔子，而《公羊》《穀梁》传闻于后世，故诏立《左氏》，博询可否，示不专已，尽之群下也。

今论者沉溺所习，玩守旧闻，固执虚言传受之辞，以非亲见实事之道。左氏孤学少与，遂为异家之所覆冒。夫至音不合众听，故伯牙绝弦；至宝不同众好，故卞和泣血。仲尼圣德，而不容于世。况于竹帛余文，其为雷同者所排，固其宜也。非陛下至明，孰能察之？

臣元窃见博士范升等所议奏《左氏春秋》不可立，及太史公违戾凡四十五事。案升等所言，前后相违，皆断截小文，媟黩微

陳元傳

陳元字長孫蒼梧廣信人也廣信故城在今梧州蒼梧縣父
欽習左氏春秋事黎陽賈護與劉歆同時
而別自名家元父欽字子佚以左氏授王莽自名陳氏春秋故曰別也賈護字季君並
見前書也王莽從欽受左氏學以欽爲猒難將軍
猒一葉反元少傳父業爲之訓詁銳精覃思至不
與鄉里通以父任爲郎建武初元與桓譚
杜林鄭興俱爲學者所宗時議欲立左氏
傳博士范升奏以爲左氏淺末不宜立元
聞之乃詣闕上疏曰陛下撥亂反正文武
並用撥理也語見公羊傳深愍經蓺謬雜眞僞錯亂每
臨朝日輒延羣臣講論聖道知丘明至賢
親授孔子公羊穀梁傳聞於後世故詔
立左氏博詢可否示不專己盡之羣下也
今論者沈溺所習翫守舊聞固執虛言傳
受之辭以非親見實事之道左氏孤學少

陳元

《后汉书·陈元传》书影

辞。以年数小差，掇为巨谬；遗脱纤微，指为大尤。抉瑕适衅，掩其弘美。所谓“小辩破言，小言破道”者也！升等又曰：“先帝不以《左氏》为经，故不置博士，后主所宜因袭。”臣愚以为，若先帝所行而后主必行者，则盘庚不当迁于殷，周公不当营洛邑，陛下不当都山东也。

往者，孝武皇帝好《公羊》，卫太子好《穀梁》，有诏诏太子受《公羊》，不得受《穀梁》。孝宣皇帝在人间时，闻卫太子好《穀梁》，于是独学之。及即位，为石渠论而穀梁氏兴，至今与《公羊》并存。此先帝后帝各有所立，不必其相因也。孔子曰：“纯，俭，

吾从众；至于拜下，则违之。”夫明者独见，不惑于朱紫；听者独闻，不谬于清浊。故离朱不为巧眩移目，师旷不为新声易耳。

方今干戈少弭，戎事略戢。留思圣艺，眷顾儒雅。采孔子拜下之义，卒渊圣独见之旨。分明白黑，建立左氏。解释先圣之积结，洮汰学者之累惑。使基业垂于万世，后进无复狐疑，则天下幸甚！

臣元愚鄙，尝传师言。如得以褐衣召见，俯伏庭下，诵孔氏之正道，理丘明之宿冤。若辞不合经，事不稽古，退就重诛，虽死之日，生之年也。

【译文】

陛下平定祸乱，让国家回归正道，文治武功双管齐下。陛下因流行于世间的儒家经书真伪混杂、错乱无章而忧虑，所以每到上朝的日子，常常让众臣子讲述圣人的学说。陛下知道左丘明是最为贤能的人，亲自接受过孔子的教诲，故而《公羊传》《穀梁传》闻名于后世，所以颁布诏书在太学设立《左氏春秋》博士，并广泛征询众臣意见看是否可行，以此表示自己不专断，尽量听取臣下的意见。

现在那些谈论此事的人沉溺于自己所研习的那点学问，以不负责任的态度固守旧时的观念，顽固地坚持并无依据的说法，用来非议亲眼见到的完全属实的事情和道理。左丘明独自研究学问，缺少应酬交往，他的学问就被反对者故意遮掩诬陷。最高等的乐曲一般人都听不懂，所以伯牙摔断琴弦不再弹琴；最高级的宝石不能得到一般人的赏识，所以卞和抱着璞玉痛哭致眼中流血。孔子大圣大德，却不能被世人所容纳。何况那些古代竹简帛书上的文章，它们被人云亦云的反对者所排挤，本就是理所当然的事。如果不是陛下圣明，谁能觉察到这些隐情？

下臣陈元私下见到博士范升等人所上奏的关于不可设立《左氏春秋》博士的议论，以及他们攻击太史公司马迁《史记》中的四十五条错误。细究范升等人所说的话，前后矛盾，都是一些断章取义的琐屑议论，轻慢侮弄故作隐晦的攻击言辞。故意搜集一些年份月份方面的小差池，夸张成大错；把少量小小的遗漏，指责为了不得的谬误。像搜寻美玉的小瑕疵一样故意找碴儿，而极力抹杀它的宏大壮美。这就是人们常说的“以对小事的诡辩搅乱他人的正当言论，以花言巧语破坏大道理”啊！范升等人又说：“本朝先前的皇帝没有将《左氏春秋》立为经书，所以就不设置《左氏春秋》博士，后世的帝王应当遵从先帝的做法。”下臣我愚钝地认为，如果先前皇帝施行的措施后来的皇帝必须照办的话，那么盘庚就不应该将商朝首都迁到殷，周公也不应该将周朝都城迁到洛阳，陛下也不应该在崤山以东建立都城了。

从前，孝武皇帝喜欢《公羊传》，卫太子喜欢《穀梁传》，孝武皇帝下诏命令卫太子学习《公羊传》，不得学习《穀梁传》。孝宣皇帝流落民间时，听说卫太子喜欢《穀梁传》，于是自己也学习《穀梁传》。到后来孝宣皇帝登上皇位，在皇家书库石渠阁召集学者讨论儒家经典，然后《穀梁传》兴起，直到现在仍与《公羊传》并立。这就是说，前代的皇帝和后代的皇帝各自都有自己设立的学科，不一定要前传后继。孔子说：“麻冕是古礼，现在改用黑丝作冕，比麻冕节省，我随大众也用黑丝冕。臣对君在堂下拜，这是古礼，现在都在堂上拜，显得不够尊重，虽违逆大众，我还是在堂下拜。”眼睛明亮的人相信自己所看见的事物，不会混淆红色与紫色；耳朵灵敏的人，相信自己听到的声音，不会混淆清音和浊音。所以离朱不会因为奇巧炫目的颜色而移开关注目标的目光，师旷不会因为新奇杂乱的声音而影响自己对音乐的欣赏。

当今之世战争稍微平息，军事行动略为减少。陛下留心圣人经典，关爱博学的儒家学者。采纳孔子“拜下”的说法，实现孝宣皇帝具有独到见解的旨意。清楚地辨明黑白对错，设立《左氏春秋》博士。消解先帝郁积未解的心事，除掉学者们长期积累的困惑。使伟大的事业永传万代，让后世的学者心中不再迷惑，那真是天下人极为庆幸的事情！

下臣陈元愚笨而孤陋寡闻，但也曾接受过老师的教诲。如能以平民百姓身份被陛下召见，下臣将跪伏在朝廷上，讲述孔子的学说，申诉左丘明历年所受的冤屈。假若下臣所讲述的内容与经书的本义不合，查考古事没有依据，那么即使事后被治罪处死，在死的那一天，也会认为自己重获新生了。

【本文点评】

汉武帝时，独尊儒家，将《易》《书》《诗》《礼》《春秋》五种儒家著作列为经书，在太学中设置五经博士作为教官，专门教授这几种经书。东汉立国之初，有大臣上奏请求将《左传》(《左氏春秋》）也立为经学科目设立博士，光武帝刘秀命令臣下讨论此事，博士范升等人反对，陈元作此文上奏皇帝，反驳范升等，支持立《左氏春秋》博士。

作者善辩驳，抓住论敌“先帝不以《左氏》为经，故不置博士，后主所宜因袭”这一观点的辫子，多方推论，直击要害，以见出对方的荒谬。特别是故意拿光武帝刘秀本身作例子：假若范升诸人的这种荒唐论调能够成立的话，那么连陛下您的迁都洛阳都是不遵祖训之举了！这样的论断当然是当朝皇帝不能接受的，于是对手失败就成定局了。

韦公厥智城峒序

〔唐〕韦敬辨

【关于作者】

韦敬辨，唐代岭南道澄州上林县（今广西南宁市上林县）人。按今有唐代《智城碑》文（非本文，但本文多数文句都在其中，本文应系从中抽出润色而成）清代拓本传世，署为“廖州大首领左玉钤卫金谷府长上左果毅都尉员外置上骑都尉检校廖州刺史韦敬辨智城碑一首并序”，此碑文应当也是本文作者所作；而碑文末则署“检校无虞县令韦敬一制”。而另一存世碑文《澄州无虞县清泰乡都万里六合坚固大宅颂一首诗一篇并序》，则署名为“岭南大首领鹣州都云县令骑都尉四品子韦敬办制”。韦敬辨、韦敬辩、韦敬办、韦敬一这四个姓名，彼此间应有密切关系。而且存在韦敬辨、韦敬辩、韦敬办均为同一人的可能性。但缺乏坚实的文献依据，目前尚难断言。

【原文】

直上千万仞，周围数十里。昂焉若嵩岱之奇形，隐焉若蓬壶之雅趣。丹崖磊落，绚五色之彩霞；玄峒幽虚，吐四时之岚气。悬岩坠石，有群羊伏虎之形；激涧翻波，若排鸦捕蛇之势。幽溪修阻，绝岸峥嵘。芦莽森罗，嘉禾充牣。韦使君性该武禁，艺博文枢。

窥祸福于未萌，察安危于无像。往以衅起萧墙，变生肘腋。处兹险奥，爰创州台。位列班曹，砥平绳直。周围四面，悉用雕镌。绝壁千寻，宜皆刊刻。前临沃壤，黍稷与稻秫芬芳；后通崇隅，岚气与翠微隐映。澄江东逝，波开罗锦之花；林麓西屯，树拥长青之叶。远山近水，匪暴客之咽喉；涧户汤池，岂奸雄之鼓吹？冤踪退散，怨迹沉埋。同气之谊日隆，手足之情元厚。岂不戴名山之景佑，沐灵岳之洪休？危而为安，祸而为福。聊镌翠岱，谨述徽猷。

智城遗址图

【译文】

大青山直冲云霄千万丈，智城峒周围绵延数十里。青山昂首挺胸具备嵩山泰山之奇伟，大峒若隐若现展露蓬莱仙岛之雅趣。高大的红色山崖，笼罩着灿烂艳丽的五色彩霞；幽静的黑色山洞，吞吐着一年四季的山中雾气。悬崖上坠落的岩石，堆砌成虎伏羊群的形状；山涧中翻起的波浪，呈现出群鸦捕蛇的势头。林中的长溪形成屏障，两岸的崖壁陡峭高耸。繁茂的芦苇覆盖荒野，茁壮的禾稻遍地都是。韦知州以武功制止动乱，在文坛也有才名。他在祸患来临之前就能预知，在危险尚无苗头之时即已觉察。先前因为家族之内出现祸乱，变故发生在自己身边。身处如此危险的境地，于是创建了衙门新址。位置佳妙如在仙班行列，如磨石般平坦，如绳子般笔直。新城周围四面山崖，全部可以雕凿刻写。千寻高的悬崖峭壁，都适宜刊刻文字。前面靠近肥沃的平野，各种各样的庄稼散发出清新的香气；后面连着高耸的山峰，雾气与山色相互辉映。澄江向东方奔流，波浪簇拥如同锦绣花团；森林在西边山脚，大树覆盖四季常青的叶子。远处的山近处的水，再也不是强盗的咽喉；山涧和护城河的流水声，岂能算作奸贼的音乐？冤魂的踪迹已经散去，怨恨的往事已经掩埋。兄弟间的情谊一天天高涨，手足间的感情原本就很深厚。难道这不是多亏了名山的保佑，蒙受了神灵的洪福？危险转为平安，祸患变为幸福。姑且在青山之上刻下这篇文字，记叙韦知州美好的德行。

【本文点评】

作者韦敬辨不知是否为当时的少数民族人士，从本文来看，能写出如此技巧娴熟且含有丰富知识的骈文，可见他的文化素养、文字能力都很高（本文多数文句都见于《智城碑》，也可能是他人捉刀，从碑文中抽出一些文句加工而成）。文章的主题是颂扬韦厥。韦厥在唐代初年以武力慑服上林一带的少数民族部落归顺朝廷，被任命为岭南道澄州（本名南方州）刺史，上林县即为澄州治所，后来韦厥在上林境内的智城峒筑城居住。此文即以智城峒为落笔点，赞美此地雄奇秀丽的山水美景、易守难攻的地理位置，而韦厥的功劳、智慧更是其突出的重点。文中把此种奇人奇境归结为人杰地灵，方有名山、名峒、名人的相互辉映。

桂州新修尧舜祠祭器碑

〔唐〕赵观文

【关于作者】

赵观文，唐代桂州临桂县（今广西桂林市临桂区）人。乾宁二年（895）廷试第一，为广西史上首位状元。官翰林院侍讲，因直言得罪宰相，称病归。著述不详，《全唐文》存其文一篇，即本文。

【原文】

皇帝御宇，大顺壬子季冬十二月，故府司空颍川陈公自桂州观察使膺制命，建静江军号，仍降龙节。明年春二月，准敕有事于尧舜二祠。礼毕，顾谓府长史朱韫曰："吾军旅之事，则尝闻之；俎豆之事，未之学也。子尝知书好古，试详此礼，得合于经乎？"韫惕然而对曰："韫尘走下僚，安敢辄议祀典？"公谕之曰："古有绵蕞定大礼者，皆草莽之士。尔今为上佐，佐于郡政何谦而不言？"韫辞不获，已而对曰："尝见《开元礼》有祠古帝王之制，今请求知礼者共为删定。矧帝舜南巡，标乎古典。惟兹法物，岂可不周？"由是命有司撰三献官冠衣剑佩三十有九，赞引礼生衣帻一十有六，笾、豆、簠、簋、洗、樽、爵、幡、鼓七十有七。仪品斯毕，具表以闻。帝曰俞哉，褒称纶言，不载于此。

今仆射彭□同两使可继巨屏，守筒子至言者九，同关西不惑者三。追念前功，若已有之。以观文明廷擢第，故里远归。有陈蕃下榻之知；有智伯国士之遇；有鲁肃指囷之意；有平仲脱骖之识。授书诘旦，猥属斯文。观文谬以二雅得名，实未造轲、雄之旨。克让未果，是敢直书。庶几正教，传乎不朽。作颂曰：

大哉尧舜，真风不弭。以圣禅圣，不子其子。举贤登庸，投凶御魅。化匪逆人，膻宁慕蚁。大功渐著，南巡脱屣。九疑雨沉，苍梧云起。伟欤元踪，遗于桂水。苍生思之，牢醴千祀。俎豆礼缺，元侯克备。发挥古典，骈罗雅器。三献得仪，雍容剑履。教人为臣，可达深旨。翠巘稽天，红轮出地。得君皋陶，千载意气。中兴有常，无令伊耻。

【译文】

当今皇帝统治天下的大顺三年冬末十二月，曾任司空的颍川人陈公在桂州观察使任上接到皇帝诏令，在桂林设置静江军节度使幕府，皇帝颁发了节度使旌节。第二年春季二月，陈公按照朝廷敕令祭祀尧帝祠和舜帝祠。典礼完毕，陈公看着静江府长史朱韫说：“我对于军事方面的事情，就曾经听闻过相关知识；而对于祭祀方面的事情，未曾学习过。你通晓古书、爱好古礼，试着分析这次祭祀典礼，能够符合经书的要求吗？”朱韫惶恐不安地回答说：“我只是个在尘土飞扬的泥路上跑腿的下级小吏，哪里敢随便议论祭祀大典？”陈公开导他说：“古代制定朝廷礼仪规范和重大典礼规则的人，不少人都是民间人士。你现在是府中主要辅佐

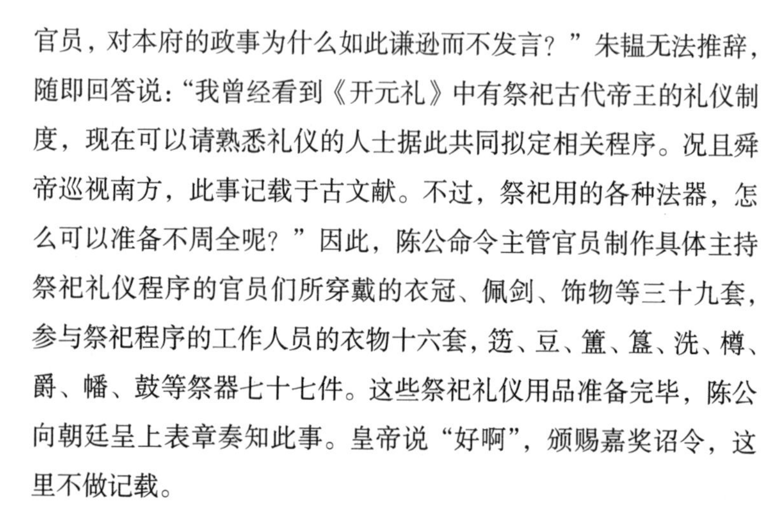

官员，对本府的政事为什么如此谦逊而不发言？”朱韫无法推辞，随即回答说：“我曾经看到《开元礼》中有祭祀古代帝王的礼仪制度，现在可以请熟悉礼仪的人士据此共同拟定相关程序。况且舜帝巡视南方，此事记载于古文献。不过，祭祀用的各种法器，怎么可以准备不周全呢？”因此，陈公命令主管官员制作具体主持祭祀礼仪程序的官员们所穿戴的衣冠、佩剑、饰物等三十九套，参与祭祀程序的工作人员的衣物十六套，笾、豆、簠、簋、洗、樽、爵、幡、鼓等祭器七十七件。这些祭祀礼仪用品准备完毕，陈公向朝廷呈上表章奏知此事。皇帝说“好啊”，颁赐嘉奖诏令，这里不做记载。

现在有仆射彭大人前来担任桂州节度、观察两使，可以继承陈公的伟业，他遵守着春秋时郑子大叔告诫赵简子的九句话，像汉代杨秉那样拒绝利益诱惑。历数他向来的种种功劳，就像与生俱来一般。因为我在朝廷状元及第后，得以从远方回到家乡。于是彭先生如同汉代名臣陈蕃礼待贤士徐稚般给我礼遇；又如同春秋时权臣智伯以国士看待门客豫让般看待我；对我十分慷慨，如同三国人鲁肃随手将自家两座粮仓之一赠送周瑜一样；随时给我帮助，如同春秋时齐国贤相晏婴用自己拉车的马为越石父赎身一般。他在清晨派人给我送来书信，不恰当地将写作这篇文章的任务交给我。我虽然以研究《诗经》得名，但实在未能达到孟轲、扬雄那样的水平。多次推辞都无法推掉这一任务，只好放手写下去。希望能够对圣人之教略有助益，使圣教得以永远流传。作颂词说：

伟大啊尧帝舜帝，功业影响永不息。
圣人之位让圣人，不肖儿子被抛弃。
荐举贤能登帝位，流放凶徒御魑魅。
感化招降作乱人，如同羊肉引蚂蚁。
丰功伟业渐成就，巡视南方离人世。
九嶷山雨雾蒙蒙，苍梧之地云飞起。
壮伟玄妙之遗迹，留在桂林漓江边。
百姓思念两伟人，建祠祭祀几千年。
祭祀礼器有缺失，多亏陈公补齐全。
古代祭礼得发扬，各种法器助仪典。
献酒三遍合礼仪，官员着履佩宝剑。
教人如何做臣子，深刻思考悟旨意。
苍翠山峰插青天，红日露出大地边。
舜帝重臣有皋陶，千载功名人欣羡。
中兴国家各有责，莫在史上留羞惭。

【本文点评】

从内容看，文中桂州地方长官所“新修”的，并非尧舜祠本身，祠庙本来就有，他们只是增添了祠中的一些祭器以及参与祭祀人员的部分服饰而已。而长官们居然认为这是一件大政绩，不但要上奏朝廷表功，还要立碑纪念，请状元作碑文。可想而知，这碑文不大好写，因为事情本身实在没有什么好吹嘘的。作者只好空中建楼，勉力应命，前半部分叙述事实，难以展开；后半部分的

铭文，虚处落笔，借尧舜传说，脱自家困境。

这是赵观文传流至今的唯一文章，自然有其文献价值与文学价值。只不过既是“命题作文”，而所涉题材内容又相当枯燥，故作者虽已尽力，铭文部分亦有出彩之处，但整体观之，实不足以完全展现广西首位状元之文笔风采，不免有些令人遗憾。且文中疑有脱漏，部分文句内容不甚连贯。

代母作倚门望子赋

〔五代〕梁嵩

【关于作者】

梁嵩，字子高，一字仲邱，五代龚州平南县（今广西贵港市平南县）人。南汉白龙元年（925）状元，官翰林学士，因不满朝政，辞官归。后乘白马出游，渡水溺死，后人建白马庙以祀之。著述今唯有《代母作倚门望子赋》一篇传世。

【原文】

苍苍茫茫道远，倚倚望望情伤。念荡子之久别，投慈心于远方。渺渺何之？动幽怀于眷恋；滔滔不返，向上国以观光。当其截发投师，操心托迹。遥望皇都，俯登紫陌。啮臂于卫国门前，题柱于升仙桥侧。担簦日久，希寸禄以资荣；负米程遥，仗何人而请益？征轮蓬断，别骑尘飞。睇眸眷眷，凝思依依。欲历而既升云路，遥怜而独倚柴扉。汩没难明，我则每晨昏而怅望；宗支有托，汝盍计蚤晚以言归？常旷望于烟霄，每凄凉于蓬荜。杳杳兮故路，寂寂兮旧室。几行雁阵空来，万里尺书难述。水声山色，遽惊怀古之人；别恨离情，愁对秋风之夕。眷恋徘徊，忧心靡开。抑郁之情恒自切，湮沦之事有谁哀？念一苇于津涯，诚难去矣；听孤鸿于碧落，得不悲哉！想彼淹留，伤乎离索。踌躇兮不止，

优游兮何托。盈庭之萱草徒荣，满目之芦花自落。杨朱陌上，萧条而恨泪潸潸；汉武台边，宛转而残霞漠漠。恨山海之高深，念行役以难寻。忆昔伯俞之志，宁无泣杖之心？对月而常怜独坐，闻蛩而每忆寒吟。勤兹怀土之思，惟凭蜀魄；触尔还乡之计，暗托秋砧。嗟夫！峨峨中丘，殷殷士子。献书之疏复何如，干禄之心几时止？遣我日日望红尘，未见此心终未已！

【译文】

漫长迷茫的道路没有尽头，忧伤的母亲整日倚靠在门边眺望。她思念久别在外的儿子，慈母的心魂早已跟随到远方。不知那远方的儿子要去何处，怎能放得下怀念的心肠。儿子如一去不返的江水，赶往京城寻找平生的理想。当年老母亲剪发卖钱送子寻求老师，为了儿子前程操尽心思。如今儿子看着远处的京城，在郊野的大路上匆匆忙忙埋头赶路。曾经像吴起那样，出门发誓必须求得高官厚禄；曾经像司马相如那样，在外题词说不获富贵不回家乡。长期带着雨笠奔波，希望求得微薄俸禄增添荣耀；若留在家中供养父母，又哪里有老师可以请教学问？乘车跋涉如同断根的蓬草，骑马远征空博得一路飞尘。老母亲呆滞的目光投向远方，神色凝重，怀着无限思念。想象中儿子大概已经做了大官，正在远方挂念倚靠柴门的老娘。然而终究是消息不明朗，儿啊！我一天到晚都在苦苦盼望；若你真有了上进令家族增光，为什么不抽时间回来一趟？在外的儿子常常在旷野仰望云霄，想到家乡茅屋中的母亲就感到无比凄凉。故乡啊遥远难及，旧家啊无法看望。空中

梁嵩状元纪念馆

大雁飞过却无法托带家书，遥遥万里更收不到家中一点消息。无论水声还是山色，都会突然惊起怀古伤今的心绪；别离的愁苦思念的情绪，在秋风飒飒的夜晚最是难熬。思念无法遏制，来回徘徊，忧郁的心怀难以敞开。压抑的情感一直是自我控制，沉沦的身世有谁人给予哀怜？也曾想乘坐小船远走天涯，然而实在是无法逃避现实。听到失群的孤雁在高空鸣叫，联想到自己的孤单怎能不悲伤！可怜儿子在远方逗留，更可怜自己孤苦独居。彷徨不安啊无法心静，游历他乡啊老母托付何人。庭院中遍地萱草无意义地

繁茂，一望无边的芦花自开自落。杨朱曾经痛哭的十字路口，冷冷清清而行人泪下如雨；汉武帝所建的求仙台边，独自徘徊而晚霞无情映照。痛恨这山之高与水之深，让我思念远行的儿子而无法寻找。回想当年那孝子伯俞的感受，我难道就没有面对母亲杖打而哭泣的心吗？仰望明月常常想到独自枯坐的老母，听到蟋蟀鸣叫每每回忆家乡而在寒夜中苦吟。想让儿子频繁地想起故乡，也只能寄希望于杜鹃鸟的叫声；把触动儿子回乡的心愿，悄然寄托在秋天制作冬衣的捶布声中。啊！故乡高耸的山丘，远方思乡的游子。上书朝廷的结果如何？求取功名利禄之心何时休止？让我日日夜夜怅望大路上的灰尘，见不到儿子这思念之心永不停息！

【本文点评】

孔夫子说："父母在，不远游。"然而，不要说今天，即使在古代，身为人子者，为了谋生，为了前程，总有许多人无法做到"不远游"。而古代各方面的落后与不便，又每每造成无数游子一别多年难返、白发老母终年思念的令人伤悲之事。因此，中国文学史上也就出现了难以计数的以亲人相思，尤其是母子相思为主题的文学作品。梁嵩此赋，算是其中佼佼者之一。文章双线落笔，分写老母与游子心境。远在他乡的儿子日夜挂念老母，然而功名未成，无法探亲；老母也知道儿子远赴他乡游学游宦是不得已，不敢奢望儿子能留在身边，只盼望他能抽出时间回来看望一次，但这点可怜的愿望也无法满足，只能长年累月拄着拐杖，倚靠柴门，白发飘飞，泪眼模糊，怅望远方！读之品之，令人泪下！

碧落洞天云华御室记

〔五代〕锺允章

【关于作者】

锺允章，五代邕州宣化县（今广西南宁市）人。南汉高祖时中进士，历官中书舍人、工部郎中、知制诰、尚书左丞、参知政事，后被宦官许彦真诬以谋反，遭灭族。著述今唯有《碧落洞天云华御室记》一篇传世。

【原文】

大汉享国之三十有三祀，龙集己酉季冬，蓂开十四叶。上以万几有暇，四海无波，时属祁寒，节当冬狩。九卿扈驾，百司随銮。□巡英州，舍于阆石。翌日，排仙仗，整翠华，羽卫星罗，旗幢云布。岳灵警跸，风伯清尘。上衣龙章绛袍，曳凤文翠绶，佩流黄镂金之剑，御飞灵凌崖之舆，幸兹盘龙石室者也。伏惟陛下圣惟天纵，功格帝尧。味道探元，奉真元之化；端拱垂衮，返淳朴之风。百度惟贞，九围承式。因访清虚之景，爰追汗漫之游。斯山之胜概也，得非元化兴机，巨灵运智？丹台璇室，真为上帝之居；乳窦芝房，宛是长生之境。白犬吠而壶天昼永，幽禽语而洞壑云深。神草含华，元泉泻瑞。于是拂石床而设御，停玉辇以凝旒。遂感龟鹤呈祥，河宗效器。

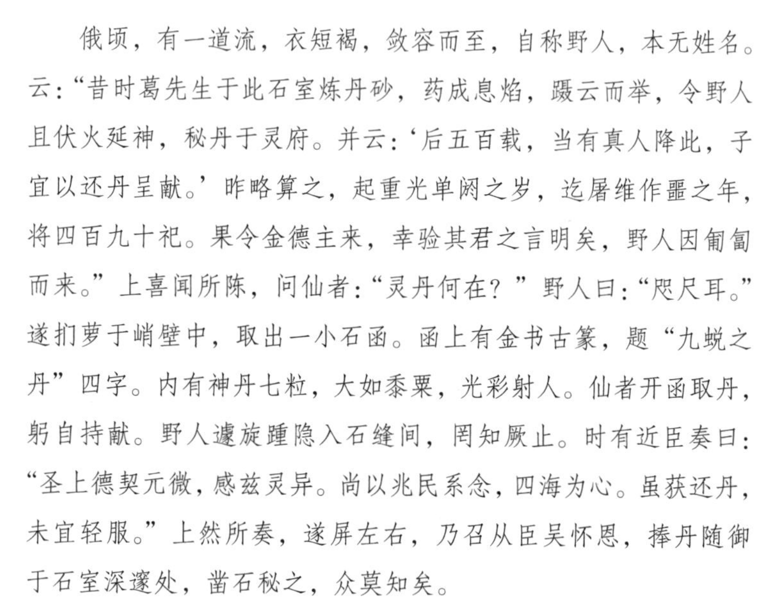
俄顷，有一道流，衣短褐，敛容而至，自称野人，本无姓名。云：“昔时葛先生于此石室炼丹砂，药成息焰，蹑云而举，令野人且伏火延神，秘丹于灵府。并云：‘后五百载，当有真人降此，子宜以还丹呈献。’昨略算之，起重光单阏之岁，迄屠维作噩之年，将四百九十祀。果令金德主来，幸验其君之言明矣，野人因匍匐而来。”上喜闻所陈，问仙者：“灵丹何在？”野人曰：“咫尺耳。”遂扪萝于峭壁中，取出一小石函。函上有金书古篆，题“九蜕之丹”四字。内有神丹七粒，大如黍粟，光彩射人。仙者开函取丹，躬自持献。野人遽旋踵隐入石缝间，罔知厥止。时有近臣奏曰：“圣上德契元微，感兹灵异。尚以兆民系念，四海为心。虽获还丹，未宜轻服。”上然所奏，遂屏左右，乃召从臣吴怀恩，捧丹随御于石室深邃处，凿石秘之，众莫知矣。

择日亟命道众，设坛场，陈斋醮，以申告谢灵贶。繇是龙颜开豁，圆盖舒晴。缓抚瑶琴，弄流泉之激越；亲洒宸翰，奋睿思之纵横。奏九成之箫韶，烟霞缥缈；感百兽之率舞，洞府喧阗。群后子来，皆朝于禹会；众仙萃至，竞祝于尧龄。

微臣荣列紫垣，获随銮辂。纪仙灵秘奥之事，愧乏好辞；颂圣朝焕赫之功，惭无丽藻。拜承纶旨，伏积兢惶。

时乾和七载记。

【译文】

大汉建国第三十三年，岁星在己酉年腊月，国中有瑞草长出十四片叶子。皇上日理万机之余稍有空闲，天下没有什么变故，此时正是严寒时节，应属帝王冬日出猎的日子。于是由公卿大臣护驾，朝廷百官随从，□巡视英州，驻扎在阆石。第二天，排列皇家仪仗，整理御用马车的装饰，御林军四处警戒，皇家龙旗密密麻麻。山神前来警卫开路，风神前来清扫路上的尘土。皇上穿着绣有飞龙图案的红色龙袍，系着刻有凤凰图案的绿色玉带，佩带剑柄镶着黄玉、剑鞘刻有金色花纹的宝剑，乘坐凌空飞越山崖的龙车，莅临山上的盘龙石室。下臣恭敬地想到皇上具有上天赋予的超人才能，伟大的功业可与尧帝匹敌。体味天地大道探究其玄妙之境，得到了天仙的教化；庄严临朝治理天下，让社会复归淳朴的风气。一切政事公正处理，九州上下遵从教令。于是前来访问清静虚无的景致，游历尘世之外的化境。这座山的美景，莫非是天地发出奇想，命令巨灵神运用其智慧造成的？红色的高台和玉石砌成的宫室，真像是上帝的居室；下垂的钟乳石与遍地的灵芝，如同长生不老的仙室。神秘的白狗在漫漫白昼吠叫，山间鸟儿高唱而洞中云雾弥漫。神草的花含苞待放，玄妙而祥瑞的泉水畅流飞溅。此时就清扫石床铺设好御榻，皇上停下御辇坐定。受到感化的灵龟仙鹤呈现祥瑞之象，河神也前来献上神器。

一会儿，有一个道士，穿着粗布短衣，面容严肃地到来，自己说他叫野人，本来就没有姓名。他说："从前葛洪先生在这个洞穴中烧炼丹砂，丹药炼成后熄掉炉火，踩着云彩飞升天上，留下小人我守护火种恭候神仙，将仙丹密藏在洞府中。并且交代我说：'五百年后，应该有真人降临此地，你要把仙丹献给真人。'昨天我粗略算了一下，从当时的辛卯年，到今年的己酉年，已经将近四百九十年了。果然今天盼到了金德主光临，证明了当年葛洪先生的话应验了，所以野人我就跪在地上爬行而来。”皇上高兴地听了他的陈述，问那仙人：“仙丹在哪里？”野人说：“就在眼前不远。”于是他抓住藤蔓爬上峭壁，取下一个小石盒，盒盖上有金色的古体篆字，写着“九蜕之丹”四个字。盒内有神丹七粒，如黄米粒一般大，发出灿烂的光芒。仙人打开盒子取出仙丹，亲自拿着献给皇上。野人突然转身躲进石缝里，不知道他在什么地方停留。当时皇帝身边有亲近臣子上奏说：“皇上的圣德感动天地，所以才能有这些灵异现象出现。不过还是希望皇上念及亿万民众，以天下为重。虽然获得了仙丹，但不宜轻易服用。”皇上对此奏议表示认可，于是命令身边的人全都退下，只叫来随从的臣子吴怀恩，让他捧着丹盒跟随皇上前往石室深处，凿开石头秘密藏起来，其他人都不知道藏在何处。

皇上选择吉日命令召集道士，设立道场，陈设斋戒打醮，用来向神灵报告并致谢意。由于有这件吉祥之事，所以皇上龙颜大悦，且天空也变得一片晴朗。皇上缓缓地弹奏着美玉装饰的琴，激越的琴声与泉水声相互呼应；皇上又亲自操笔题词，睿智的神思在笔端纵横。一遍遍奏响美妙的仙乐，烟雾云霞缥缥缈缈；各种动物也随着仙乐起舞，洞府中无比热闹。一些仙人陆续前来，参加这盛大的聚会；更多的神仙蜂拥而至，争着祝福皇上万寿无疆。

小臣我荣幸地列名于朝班，获得机会跟随皇帝的车驾。皇上命令我记叙这一神秘玄妙的盛事，惭愧的是我写不出什么美好的颂词；我要颂扬圣朝显赫伟大的功业，同样也为自己缺乏华丽的辞藻而羞惭。虽然跪拜着接受了这道圣旨，却一直诚惶诚恐，心中不安。

作此记的时间是乾和七年。

【本文点评】

南汉是五代时小国，辖地大致在今广东、广西。国虽不大，但其国主照样称帝，照样装神弄鬼神化自己。本文中所写的南汉皇帝是第三代国君刘晟，此人暴虐成性，他的皇位是杀其兄而篡夺来的，即位后又杀掉其他的兄弟及不少大臣，霸占侄女。他知道臣民心中不服，所以他安排了一场把戏以证明自己是天纵神授：他带领一队人马，跑到英州一个道教洞天，那洞中马上钻出一个道士，自称是晋代著名道士葛洪的弟子，说师父当时命他守在洞里，五百年后将神丹交给光临此地的“金德主”，今天终于等到了。于是那位活了五百多年的道士交出一盒“灵丹”，又一溜烟钻进洞中不见了，刘“金德主”则大肆庆贺。这场把戏实在拙劣，作者锺允章是刘晟手下大臣，当时就在场，不论他是否相信，他都得添油加醋、妙笔生花，把刘晟其人包括这场游戏写得神乎其神。不过这依然未能使他摆脱后来也被刘晟灭族的命运。早知如此，他还不如不去考什么进士做什么官，就在家乡邕江边上钓鱼享乐更好。

羅

宋代·元代

上海涵芬樓影印常熟瞿氏鐵琴銅劍樓藏明弘治乙未刊本

鐔津文集

四部叢刊三編集部

送浔阳姚驾部叙

〔宋〕契嵩

【关于作者】

契嵩（1007—1072），俗姓李，字仲灵，自号潜子，宋代藤州镡津县（今广西梧州市藤县）人。十三岁削发为僧，广读经史，博通内典。庆历间至浙江钱塘，入灵隐寺为僧。时天下士人倾慕韩愈，好尚古文，排斥佛教，独尊孔子。契嵩作《非韩》三十篇以诋韩愈，又作《原教》《孝论》《禅宗定祖图》《传法正宗记》等。曾以其著述上书仁宗皇帝，仁宗诏付传法院编次入藏，赐予紫方袍，赐号“明教大师”，遂为佛教一代宗师。著作多佚，有《镡津文集》传世。

【原文】

驾部姚公将之浔阳（谓浔州），道过燕（燕乃余乡），潜子欲因其从者致信吾伯氏李主簿。姚公不以其贤自高，乃更遗书累纸，盛称潜子善用六经之笔著书，发挥其法，以正乎二教之学者，谓虽古之大禅巨师，未有如潜子之全也，其广且博也。此姚公汲引人为善，欲使其至至耳。潜子无谓，岂果若是耶？

虽然，潜子初著《原教》书，其心诚为彼执文习理者也（“执文儒者，习理释者，习以俗语以谕其法”，此姚公来书云）。二者皆蔽道而不自发明，适欲救此耳。其书既出，虽四方稍传，而文

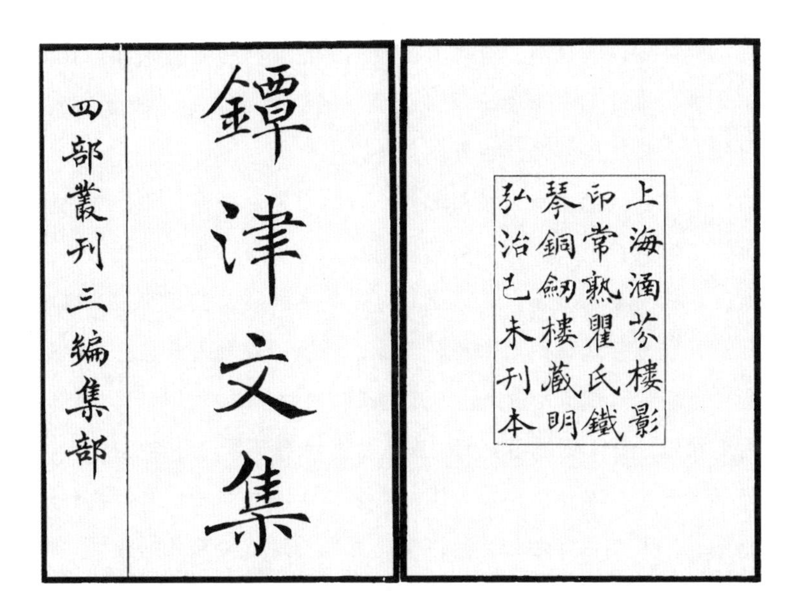
上海涵芬樓影印常熟瞿氏鐵琴銅劍樓藏明弘治乙未刊本

鐔津文集

四部叢刊三編集部

《镡津文集》书影

者徒玩吾文，不文者不辨吾道，亦复不见潜子所趋之至。潜子孤，无有徒与讲求，尚皇皇忧其道之未详于人也。

潜子之道，生灵之大本，天下为善之至也。苟其本不明，其至未审，天下之人欲其所归也，何之？行道之士，安忍而不为恻然耶？故潜子尝不避流俗嗤笑，乃以其书而求通于天子、宰相、贤士大夫者，盖为斯也。然缙绅先生之徒，知潜子如是之心者几人乎？姚公乃谓我所得之法如此也，所为之志又如此，引古之高僧巨师相与较之又如此也，是岂不为之知己乎？相知之深乎？

姚公始以大臣荐，自布衣徒步，不由常科而直擢入官，其文章才业，卓卓过人可知。今来出浔。浔，故南方也。潜子南人，习知其山川风俗颇详，姑为公言之：

岭外自邕管之东，潮阳之西，桂林之南，合浦之北，环数千里，国家政教所被。即其霜露雪霰，沾洽已繁；瘴疠之气，消伏不发。秀民瑞物日出，其风土日美。香木桂林，宝花琦果，殊名异品，联芳接茂而四时不绝。若藤，若容，若浔，若梧，凡此数郡者，皆带江戴山，山尤佳，江尤清。有神仙洞府，有佛氏楼观。村郭相望，而人烟缥缈。朝暾夕阳，当天地澄霁，则其气象清淑，如张画图然。其俗质，其人淳，寡争讼而浸知向方。吾知姚公治此民也，则其仁义之化易行；临此景也，则其清明之志益得。姚公心通，又能以大道自胜。潜子《辅教》之说，亦赖之而益传也。待公趋诏北还，当与数得此道者其人之几何也。

道途上下，舟车之劳，公宜自适自慎。

【译文】

兵部驾部司姚公将要前往浔阳（指广西浔州）任官，途中会经过燕地（燕地是我的故乡），我打算通过他的随从带一封信去给我的伯父李主簿。姚公不因为自己贤能而自高自大，给我写了几页纸的信，称赞我善于运用儒家经典的笔意写书，发扬儒家学说的法则和精华，用以纠正佛道两教学者的谬误之处，还说即使是古代的著名高僧，也没有谁比得上我这样知识完整全面而广博。这是姚公诱导他人向善，想让他人达到尽善尽美，所以如此说。我自己从未敢这么说，难道我真的已经达到这样的高度了吗？

虽说如此，我先前撰写《原教》，本心确实是为了帮助那些执笔为文的儒家学子和学习佛家学说的僧人（“执笔为文的儒家学子和学习佛家学说的僧人，习惯用通俗语言来论述他们的学说”，这是姚公来信中的话）。这两类人往往都不了解真正的大道，因而也就不能深入体会和有所发挥，我写书的目的正是想要改善这种状况。我那些书问世后，虽然渐渐传到各地，但懂文的人仅仅玩味我的文笔，不懂文的人不能理解我所宣扬的道理，更没人看到我所追求的目标。我感到孤独寂寞，没有前来求学的学生可以为他们讲解，目前仍然惶恐不安地忧虑自己的学说尚未被大众所知晓。

我的学说和道理，是人们安身立命的根基，是天下最大的善事。如果立身根基不明，不清楚什么是最大的善事，天下的人将要归往何处呢？修炼道行的人士，对这种现象怎能忍心不为之哀怜忧伤呢？所以我曾经不躲避俗人们的嘲笑，而把自己的著作通过各种渠道送到天子、宰相和贤士大夫那里，就是因为这个。然而那些缙绅先生之徒，能理解我这样的用心的，有几个人呀？而姚先生却如此高度评价我研究所得的学说法则，又如此高度评价我的志向，乃至于引用古代著名高僧大德来与我做比较，这样的人难道还不能算作我的知心朋友吗？他对我的了解还不算深吗？

姚公最初因为得到大臣荐举，从平民百姓起家，没有走科举

之路就直接进入官场做官，他在文章、才学和事业方面超越常人，据此就可以知道了。现在，他前往广西浔州担任知州。浔州，本是属于南方。我是南方人，对那里的山川风俗等十分熟悉，这里姑且为姚公说一说：

岭南地方从南宁以东、潮阳以西、桂林以南、合浦以北这一地区，环绕几千里，都被国家的政治教化所覆盖。即便是那里的霜露雪霰之类，也已经频繁出现；而旧有的令人患病的瘴气，早就消失不再作恶。才能超群的杰出人才和祥瑞事物时时可见，那里的民风土俗也一天天变得美好。发出香气的桂树林，名贵的鲜花和奇异的水果，不同的名称与不同的品种，相继繁茂，散发芬芳，一年四季接连不断。像藤州，像容州，像浔州，像梧州，这几个州郡，都是江水如带，青山如帽，山景特别美，江水特别清。有道家神仙洞府，有佛家寺院楼阁。乡村彼此临近，人烟时隐时现。早晨的朝阳和傍晚的夕阳，分别在天空澄碧和大地静谧之时出现，此时景象清幽美好，如同展开一幅美丽的图画。那些地方风俗质朴，那里的人民生性淳厚，很少有争斗诉讼之事，渐渐都已知道归向正道。我知道姚公去治理这些民众，那他的仁义教化措施是容易推行的；他身处那些山水美景中，对实现他清高明智的志向更有助益。姚公很聪明，又能秉持大道。我那些《辅教》的学说，也将靠他帮助而流传更广。等到姚公接到皇帝诏令升官回到北方，肯定会与我谈论那里被我的学说感化的人数有多少的。

路途遥远，车船劳顿，姚公应该自我调适，小心谨慎。

【本文点评】

一个姓姚的朝官准备到广西做官（任浔州知州），作者作此文赠别。其主题，仍在宣扬自己的所谓“道”，顺便也向对方介绍广西风土美景。作者上书天子成功，不免有些飘飘然，将自己的学说自抬到“生灵之大本”的高度，似嫌过甚其词。倒是其中对广西山水风物人情的介绍，虽然略有世外桃源式的夸张描写，但意在改变外地人对广西“烟瘴之区”的传统印象，善意可嘉。

与广西王提刑

〔宋〕契嵩

【关于作者】

参见《送浔阳姚驾部叙》相关内容。

【原文】

某启：无状之人，辄蒙其党相嫉，且讻讻不已。以此故，不敢往来，实为彰于乡邑之弃。昨日幸光临，慰沃多矣。此得预大贤按部，敝属将制贽于路隅。先沐赐教，岂胜感愧！某独立无系，言多忤物，将远匿罗浮。藤守沈公仪贤儒，相与有期。冬杪春初，决浩然南还，当首候使车。违远高明，万乞为国重爱。谨上启，少布区区。不宣。

【译文】

和尚契嵩禀告：我这有罪过的人，往往被与我有关系的人所嫉妒，而且气势汹汹没完没了。因为这个原因，所以不敢与您交往，这实在是彰显了故乡对我的抛弃。昨天很庆幸您光临我这里，这给予我极大的安慰。这次有幸事前知道您这样的贤才到广西巡视，家乡那边肯定会准备好见面礼在路旁迎候。我先得恭听您的教导，令我不胜感动而惭愧！我无依无靠没有根基，说话又常常

契嵩画像

开罪他人，因此打算前往遥远的罗浮山隐藏起来。家乡藤州知州沈仪先生贤能儒雅，我与他交往已有好些时候了。到冬末春初时，我决心回到南方，那时应当第一个迎接您的车马。远隔两地不能拜见您，请您务必为了国家而爱惜身体。恭敬地呈上这封信，稍稍禀告我的心情。其他就不一一细说了。

【本文点评】

一封短函，透露出若干信息：一位即将前往广西做地方官的官员，上任前先去拜访和尚契嵩，而且契嵩与其家乡藤州的长官显然也是朋友。这说明，契嵩虽为高僧，却并非整天敲木鱼念经不问世事，反倒是与官场颇有来往；同时也见出他在当时名气不

小。另一方面，从文中“无状之人，辄蒙其党相嫉，且讻讻不已”分析，当时包括佛门在内的不少人士，对契嵩并不认同，多有批评，只是碍于他有皇帝赐予的“大师”头衔，无可奈何而已。

文笔简洁老到，是此文长处。

谢状元及第启

〔宋〕冯京

【关于作者】

冯京（1021—1094），字当世，宋代广西宜州（今广西河池市宜州区）人，祖籍鄂州江夏。皇祐元年（1049）状元，乡试及会试均为第一，时号“三元”。历官龙图阁待制、江宁府知府、翰林学士、开封府知府、保宁军节度使、参知政事、枢密副使等。卒，帝亲临祭奠，赠司徒，谥文简。著有《灊山文集》等，已佚。

【原文】

云龙之庭，方第英选；窦衡之士，辄与魁抡。遽失其安，抚然自悸。恭以国家覃洪锡之德，立太平之基，朝廷皋夔，岳牧吕召。文章台阁，高蹈商周之淳；礼乐胶庠，远驾汉唐之右。何治臻此，真贤效欤？岂不由数路而求，上闻无壅？

虽然，兹一介之技，官使适当。其取士也周，其得人也盛。然犹虚怀未沃，侧席尚劳。羔雁草莱，弓旌岩穴。无郡不趣驾，无乡不献书。杂遝充庭，览辉而下。光华逢旦，耸錾自期。向非学四部书，才万人敌；无踸踔之近韵，有济宁之深图，则何以副上畴咨，为人举首？

如某者，生江湖卑薄之地，远京师英雄之躔。徒凭借于家

冯京画像

传，复浸淫于儒治。然而辞气骫骳，不合古人；经术疏通，难应常敌。每惟奉檄之过喜，又读《考槃》之卒章。以养于荣，俯身图进。诏方牒选，郡以计偕。射泽举旌，已无心于唱获；尚方奏牍，敢先意于观书？虽玷名闻，卒虞报罢。岂谓日月居上，不弃幽而照临；权衡在前，不择物之轻重。夫何管见，偶中科程。曾是上中之材，敢当第一之选！焉能致此？信有由然。此盖伏遇某官宗师上文，器有名士。大钧块圠，难逃真宰之私；蟠木轮囷，本自先容之赐。致兹浅陋，及此旌扬。谨当激昂自持，磨厉无玷。今而试治，眷及清白之风；必也造庭，免蹈阿谀之节。毋忝雅志，以答隆恩。

【译文】

云中神龙所在的朝堂，正在举行选拔英才的考试；出身于简陋茅屋的穷苦人士，也往往参与夺取状元的竞争。彼此突然失去了原有的平静，为着未知的结果而茫然焦虑。小臣我恭敬地认为，国家对士人给予广大深厚的恩德，奠定了太平盛世的基础，使得朝廷贤臣有如皋陶与夔，地方长官好比吕望与召公。内阁学士的文章，可以具有商周时代文章的高妙醇厚；学校里面的礼教音乐，远远在汉朝唐朝之上。为何社会的治理能达到这样的高度，真的仅仅是因为贤能官员的效力吗？这难道不是因为朝廷通过多种渠道征求意见，使皇上听闻不致闭塞的缘故吗？

虽说如此，征求意见的事情，派出几位小小使者就已办到。更重要的是考试取士的大事做得周到，足可网罗天下的才士。然而皇上广大的胸怀尚未满足，还想得到更多贤才的建议。于是命人带着礼物到民间寻求贤士，带着弓和旌旗前往山野招揽人才。没有哪一个府郡不在催促人才赶往京城，没有哪一个乡里不在向朝廷进贡图书。才士们抱着领略朝廷盛大气象的愿望，鱼贯而入挤满官府的庭院。就如沐浴了光芒灿烂的朝阳，纷纷从山谷中赶来憧憬着美好的前程。如果不是精通经史子集各部古书，胸怀力敌万人的才气，排斥杂七杂八的非正统之学，具备利于国家的深谋远略，怎么能够符合皇上咨询的需要，夺取众多举子的头名？

像小臣我这样的人，出生在狭窄贫瘠的江湖边地，远离京城中英雄的足迹。仅仅借助于自家的图书与家风传承，并得到

儒家学说的熏陶。但是所写的文章文笔纡曲、萎靡无风骨，比不上古代贤人；对于儒家经典的学问只是粗浅通晓，难以应付一般的对手。不过每每看到朝廷征召贤士的文书就十分欢喜，也欣赏《诗经》中赞美隐士的诗篇。想让父母得到朝廷恩典的荣耀，于是埋头读书，争取光明的前程。朝廷的诏书刚刚下令各地选拔人才，小臣就随着本府的举子赶赴京城应试。得到举荐前来博取皇恩已经十分感激，对是否金榜题名并不抱有任何奢望；怎敢在专心攻书之余，先去想象尚方署制作金榜的事情？虽然觉得自己考中会玷污朝廷的声誉，但也还是非常担心最后会榜上无名。哪里料到皇上的恩典如同日月高居天上，无论哪个偏僻之地都能照耀周全；又如一把无比精准的秤，不管什么物品都能称量出轻重。小臣我那些狭隘的意见根本不算什么，只是偶然符合科举的要求罢了。我不过是个中等偏上的人才，怎敢奢望状元的人选！如何能有这样的结果？肯定有其原因。这大概是有幸遇到了善于鉴赏文章的文坛宗匠，具有非凡胸襟器识的大名士。更有神圣的天帝，每个人都逃不了他的鉴别。我这根不成材的弯曲木头，意外得到了慧眼木匠的认可。以至于我这样浅陋无知的人，也能够获得如此高等的表彰。小臣必当恭敬地扬鞭自奋，磨炼自己不至于玷污这个崇高的荣誉。如今去尝试做官治民，一定顾及清白的名声；当前如果必须前往考官家中拜谢，也要避免重蹈那些阿谀奉承的礼节。不能违背自己清高素雅的志向，用来报答皇上无比深厚的恩德。

【本文点评】

高中状元后，作者作此文上奏朝廷以表谢意。首先当然是感谢皇帝恩典以及皇帝英明统治之下的太平盛世、取士政策，其次感谢独具慧眼的考官。但若仅此，未免有点单调，所以作者又用了不少篇幅描述自己的心情。自谦之词必不可少，但在其间又隐隐约约透出一种目空一切的傲气，这也是新科状元应有的做派。

此文以骈体撰写，配得上“文采斐然，声韵铿锵”的评语。

罗丛山记

〔宋〕陶薰

【关于作者】

陶薰，宋代荆湖南路全州（今广西桂林市全州县）人，嘉定七年（1214）进士，官广西郁林州佥判等。

【原文】

余酷有山水癖。每聆古迹经前修平章，勇往不惮。少读黄山谷“永州澹岩天下希”之句，长闻范石湖评桂林龙隐奇赏绝世，窃谓自湖以南，山水卓亹，借人为重。二岩足虽未历，心知二公一代诗豪，巨眼拈出，不轻品题；既而浮湘泝漓，身亲目击，削苔踞岩，领会幽趣，始信名不浮实，天下奇观无逾是。

暨下阳朔，涉苍梧，历藤县，抵浔江。有岩曰罗丛，实隶近封。偶发檄，舍舟而徙。著屐携筇，相距一牛鸣地，跷首遐观，率平岗短阜，殊乏巉岩崒嵂状。迨达岩扉，蹑足而升，神剜鬼划，崖壁峭立，迥厂爽闿。碧虚盘左，灵源环右。二洞窈邃，篝火乃索。余通行数曲，豁然开朗。枕洞之旁岩，复以水月名。泓然为泉，流绕苔石，春弗溢，冬弗涸，心可莹，缨可濯。宜觞宜咏，似非人境。余搜抉奇隐，万态毕露。陈尘俗纷，摆脱殆尽。魂清意适，如身处九华与仙遇也。因叹曰：“凡厥宇内，因形殊特耳目弗及，

罗丛岩

曷可胜数？予既历山谷石湖旧游，固已冠生平所见。出门于我弗碍，云山于我有契。复遗尘踪，际此佳胜。往澹岩龙隐，惘然陈迹。向使兹岩介乎湘桂，则匹休俪美，词客季孟，迹辙其间，椽笔网罗，亦既云久。奚旷岁如许，佳贤赏音莫遭耶？”

居无何，佛图氏宗全谒余，言曰：“物之隐显，诚系乎人。维兹罗丛，弗迩阛阓，弗通康庄，荒茀芜翳，殆与野溪断壑伍。岁在癸酉，宗全挑包南来，悼其湮塞，裒财鸠工，诛荆剃藋，伐石

夷凹，斩材结庐。磨以岁月，经始孔艰。逮孙侯陈侯继守是邦，捐金佐费，乃克就叙。曩腐榛败棘，豺狼所嗥，今栋悉以叙布；曩老樵稚牧，蹄交迹逐，今车盖旁午不绝。天地之藏发矣，山川之幽阐矣。顾刻文未植，兹实缺典。君侯其为纪载，实昭厥垂。”

余曰：“自有天地，则有山川。晦而弗显，天或秘之。揭而孔彰，天实使之。厥有数存焉。谓造物假手于若则可；谓若力能振之，恐山灵莫若许也。至如纪载之缺与否，匪系泉石重轻。必欲发挥以闻于时，罔俾澹岩龙隐专美湘桂，当俟山谷石湖者出。”

【译文】

我有游山玩水的癖好。每当听到有某处古迹胜景曾经得到前代贤人的评论，就会前往探访绝不畏惧。少年时曾读到黄庭坚先生“永州澹岩天下希”的诗句，长大后又听说范成大先生评价桂林龙隐岩的奇景天下罕见，私下觉得洞庭湖以南的山水确实美丽出众，但也借重于名人的宣传。这两岩当时虽然尚未到游，但心中知道两位先生乃是一代诗豪，经过他们的慧眼特别挑选出来，不会轻易如此品鉴题咏的；后来我乘船泛游于湘江和漓江，亲自游历目睹，踩着青苔爬上那两座岩石，领略了那种清幽的雅趣，才真正相信确实名不虚传，天下奇观没有哪一处能超越这两个地方。

到后来我下阳朔县，过苍梧县，经藤县，来到浔州江边。这里有一处山岩叫作“罗丛”，实际上位于桂平县靠近县界的地方。我偶然看到官府的文书上提及，就上岸步行游览。穿着木鞋拿着手杖，在可以听见牛叫的一段距离，抬头向远处观看，见到的一般都是矮小的山冈和土丘，很缺乏形状高耸险峻的山崖。等来到罗丛岩外围，踮着脚步爬上去，这才看到山崖如同被神仙鬼怪挖补雕刻过，崖壁陡峭耸立，崖顶突出高大宽敞。左边盘踞着碧虚洞，右边环峙着灵源洞。两个洞穴黝黑深邃，于是找来火把探路。我在洞中转了几个弯，眼前突然明亮而开阔。靠近洞口旁边有一处岩石，又被称为水月岩。一汪清澈的泉水，流水环绕长满青苔的岩壁脚下，春季不会溢出，冬季不会干涸，可以用来照亮心胸，可以用来洗涤帽缨。此地真是适宜饮酒观赏也适宜吟诵诗篇，令人怀疑是否身处仙境。我搜索其中隐秘的佳景，各种奇妙景观完全显露。使人将身上世俗的尘垢与纷扰，忘记得干干净净。灵魂清静心胸舒适，好像自己身在九华山中与神仙相遇一样。因此叹息说："举凡四海之内，形貌特殊但自己尚未看到听到的事物，哪里数得过来？我已经游历了黄庭坚、范成大两位先生先前游过的地方，景观之美本就已经盖过了我平生所见到的其他地方。出门游历对我没有什么障碍，自然景观与我有默契。这次又让我在此留下游踪，碰上这一美妙胜景。从前游过的名胜澹岩和龙隐岩，只在心中留下令人惆怅的痕迹。假如让这罗丛岩位于湖南或桂林，那就会与当地的美景相匹配，大大小小的文人，就会在此处留下脚印，用他们的如椽大笔将此处美景描写周遍，肯定早已如此。哪里会荒废这么多岁月，都没有遇到知音贤士光临？"

过不多久，和尚宗全来拜见我，说道："事物是隐没还是显露，原因确实在人。这座罗丛山，不靠近热闹的街市，没有开通平坦的大道，全被野草杂树覆盖，与那些荒野溪流和人迹不通的山谷

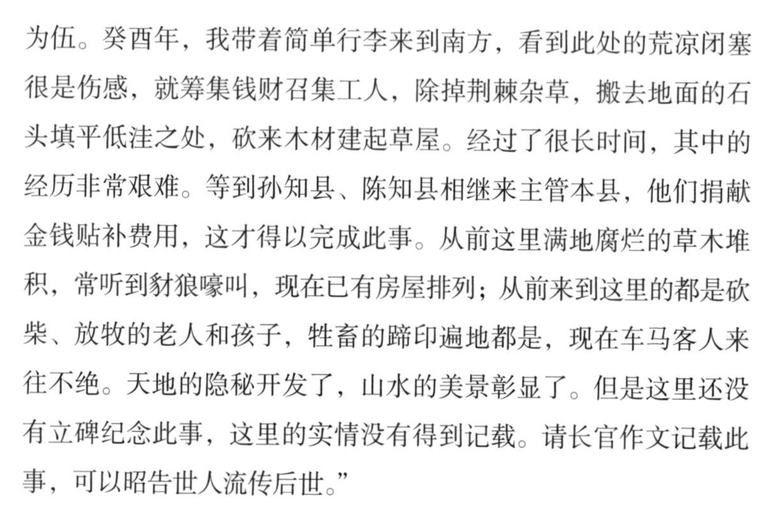

为伍。癸酉年，我带着简单行李来到南方，看到此处的荒凉闭塞很是伤感，就筹集钱财召集工人，除掉荆棘杂草，搬去地面的石头填平低洼之处，砍来木材建起草屋。经过了很长时间，其中的经历非常艰难。等到孙知县、陈知县相继来主管本县，他们捐献金钱贴补费用，这才得以完成此事。从前这里满地腐烂的草木堆积，常听到豺狼嚎叫，现在已有房屋排列；从前来到这里的都是砍柴、放牧的老人和孩子，牲畜的蹄印遍地都是，现在车马客人来往不绝。天地的隐秘开发了，山水的美景彰显了。但是这里还没有立碑纪念此事，这里的实情没有得到记载。请长官作文记载此事，可以昭告世人流传后世。”

我说：“自从有了天地，便有了高山流水。山水有时隐晦不为人知，这可能是上天有意秘藏它。有时又被坦露出来十分彰显，这也是上天指使如此。那里面是有机缘存在的。如果说此事是造物主借你的手来完成，那是可以的；假如你认为这事完全由你主宰振兴，恐怕山神不能认可你。至于有无刻碑记载，这对山水本身并非举足轻重。一定要将此地宣传发扬使它闻名于世，不让澹岩和龙隐岩在湖南与桂林独占鳌头，此事须等待如同黄庭坚、范成大那样的大手笔出现。”

【本文点评】

罗丛山为桂平景点之一，在广西算不上一流景致，不过在作者笔下，却也饶有佳处。作者认为，山水之景是否有名，主要不在山水本身，而在于是否有名人题咏宣传。这一观点亦有其道理。

容郡人材题名碑

〔元〕封昌翁

【关于作者】

封昌翁，字盛甫（一作名盛甫，字昌翁），元代岭南广西道容州路（今广西玉林市容县）人。国子生［一作天历二年（1329）举人］，历官宥州清水司巡检、广州路清远县知县。著有《容州人材记》。

【原文】

地之所出人材，犹国之获麟凤，不易得也。人材关乎气运之盛衰，山川之精毓；麟凤系乎国家之祯祥，太平之基业。是以麟凤人材，实关系乎圣人升平之盛治，以为嘉瑞也。

容，遐荒之郡，历唐宋至我朝，均在寸天尺地之内。况圣天子立极以来，明烛八荒，使野无遗贤，文修武备。科名之选，无分远迩。考之汉史，辽隔远代，人材莫鉴。惟唐至宋，图志记载，幸得观览。至正壬辰，运劫兵火，皆为灰烬。百留一二，亦无定体。余于难前，每曾观览，略有记闻。不避狂菲，旁搜类编，共成一集，使彬彬然。俾后辈克鉴于前，继承显达，光前振后，有所自也。

今具昭代英才名氏于后。

地方上出现优秀人才，如同国家获得麒麟、凤凰，都是不容易出现的。人才关系到气数的盛衰，乃由山川的精华产生；麒麟、凤凰属于国家的祥瑞，乃是太平盛世的基础。所以麒麟、凤凰与人才，实在关系到圣天子治理下的太平和乐的盛世气象，都被视为嘉兆和祥瑞。

容州，是一个偏远的州郡，从唐朝、宋朝到我朝，都局限在很狭窄的地盘上。况且当朝圣天子登基以来，英明的目光烛照四面八方边远之地，使得民间没有贤才被遗漏，文治完善武功强大。科举选才，不分远近。考察汉代史书，相隔年代过于久远，对于当时容州的人才情况无法了解。只有唐朝到宋朝，图经方志都有记载，我曾经有幸得到阅读的机会。本朝至正十二年，遇到战乱灾劫，那些图经方志全都化为灰烬。侥幸残留一两种，也没有完善适宜的体例。我在灾难发生前，曾经多次阅读，还留存一些记忆。于是顶着狂妄浅薄的骂名，到处搜罗查寻资料分类编辑，汇成总集，使得容州人才事迹井井有条。让后世子孙能够据此借鉴前人，继承那些显宦达官的衣钵，为前人增光，让后代奋发，有家乡历史上的这些名人作为光辉榜样。

现在将历代容州英才的姓名开列在后面。

【本文点评】

今广西容县，在唐宋时即为南方重镇，经济文化较为发达，人才也较多。不过，由于文献缺失的缘故，今天了解不多。元代容州士人封昌翁试图弘扬乡贤文化，表彰本土人物，既撰《容州人材记》，又作此文立碑，以图永传后世，用心良苦。至于效果如何，则另当别论。需要提及的是，文中对元朝“圣天子”的吹捧，虽属官样文章，但毕竟与事实相去太远。

文末称碑文原列有容州唐宋元人才姓名，但今不存。

明代

辟异谈

〔明〕周琦

【关于作者】

周琦，字廷玺，号东溪，明代广西马平县（今广西柳州市）人。天顺六年（1462）举人，成化十七年（1481）进士，官南京户部员外郎等。后世所称明代“柳州八贤”之一。著有《东溪日谈录》《史异》等。

【原文】

世有月桂之说，《酉阳杂俎》之妄也。《酉阳杂俎》曰：“月中有桂，高五百丈。下有一人尝斫之，树创随合。其人姓吴名刚，西河人，学仙有过，谪伐桂。”夫月者，阴之精，在天地气中转旋不已，曷尝有他物杂之于内？桂之为物，非土地不生，非雨露不滋，岂此阴寒气中可以产此植物，一夜一周随月转旋，根株枝干颠倒上下而倾覆邪？吴刚何等人也？抑何从而入于月邪？《酉阳杂俎》荒唐孰甚，世人附会其说，使助词章之什，同为荒唐也孰甚哉！

又谓月中尝有八万二千人修其凹处，及妆修月斧凿者。亦《杂俎》之妄也。

世人惑月之说甚多。其曰后羿妻嫦娥偷羿不死药，奔入月宫之为蟾蜍者,《汉天文志》之误也;其曰明皇与申天师八月十五日夜游月宫,见榜曰“广寒清虚之府”,翠色冷光相射,极光寒不可留者,唐野史《天宝遗事》之误也;其曰八月十五夜,月中落桂子于杭州僧寺者,《古今诗话》之误也;其曰月中有兔捣药,致有“捣药兔长生”之句者,杜工部之误也;其曰“听月高楼接太清,倚楼听月最分明。碾空呷哑冰轮响,捣药丁东玉杵鸣。乐奏广寒音历历,斧侵丛桂韵丁丁。夜深一阵天风起,吹落嫦娥笑语声”者,后世诗人之误也。害理之说也。若《淮南子》曰“月中有物婆娑者,乃山河影;其空阙者,乃海水影”者,其说颇近理也。世当于其近理者且从之,害理者痛去之,庶乎不畔道矣。

【译文】

世间有月中桂树的说法,这是《酉阳杂俎》的胡说。《酉阳杂俎》说:“月亮上有一株桂树,高五百丈。树下有一个人,经常在砍树,但砍出的创口一边砍一边愈合。那个人姓吴名刚,是西河人,因为跟随神仙学习时犯有过错,所以被贬谪到月亮中砍伐桂树。”月亮,是阴界的精华,在天地大气中不停旋转,哪里有什么东西混杂在里面?桂树作为一种植物,没有土地不能活,没有雨水露水不能生长,难道在月亮这种阴森寒气中可以长出这种植物,而且一天一夜随着月亮旋转一周,以致树根树干枝叶全都上下颠倒倾覆吗?吴刚是个什么样的人?他从什么渠道进入月宫呢?再也没有比《酉阳杂俎》荒唐的了,世人附会认同他的说法,用这个故事来做诗文的材料,同样也是十分荒唐啊!

又曾说月亮上有八万二千人修理洼陷的地方，以及还有人在那里专门修理挖月地、砍桂树损坏的斧头、凿子等。这也是《酉阳杂俎》的胡诌。

世人关于月亮的令人迷惑的说法还有很多。有的说后羿的妻子嫦娥偷吃了羿的不死之药，飞到月宫变为蟾蜍，这是《汉书·天文志》的错误；有的说唐明皇与申天师在八月十五日夜晚游月宫，见到一块牌匾写着“广寒清虚之府”，青翠的色彩与冷峻的光芒互相映射，极其寒冷而耀眼，不能久留，这是唐代野史著作《开元天宝遗事》的错误；有的说八月十五日夜晚，月中桂树的果实落到杭州的寺院里，这是《古今诗话》的错误；有的说月亮上有一只兔子在捣药，以致有“捣药兔长生”的诗句，这是诗人杜甫的错误；有的说“高高的听月楼靠近青天，在楼上聆听月宫声音最为清楚。月车的轮子碾过空中发出咿咿呀呀的声响，玉兔捣药的玉杵声叮叮咚咚。广寒宫中的音乐声十分悦耳，吴刚伐桂的斧子声极有节奏。深夜时一阵天风吹起，把嫦娥的笑声传到高楼”，这是后世诗人的错误。这些都是不合情理的说法。若是像《淮南子》中“月亮上有类似大树枝叶的事物，那是上面山河的影子；那些空白的地方，是海水的影子”的说法，那倒是比较合乎情理的。世人应该接受这类比较合乎情理的说法，而排斥那些不合情理的荒唐故事，这样就能大致不会离经叛道了。

【本文点评】

关于月亮，中国古代有种种神话传说，如嫦娥奔月、吴刚伐桂、玉兔捣药之类。这些神话传说，在中国文学中一直作为题材或典故存在。周琦此文，就是立足于事理、逻辑的立场，对这些神话传说痛加驳斥，认为全是“荒唐孰甚”的胡编乱造。如何评价他的观点？当然，若从科学角度看，他是对的，而且在几百年前他能以科学头脑去分析自然现象，值得肯定。然而，若基于文学立场去判断，那他的这番高论就不太合适了！清代文学家袁枚曾嘲笑一位迂腐的朋友说：“人家说‘秀色可餐’，你马上就会反驳说‘人肉吃不得’！”在对文学手法的理解方面，周琦与那位朋友近似。

状元王公祠碑

〔明〕包裕

【关于作者】

包裕，字好问，明代广西临桂县（今广西桂林市临桂区）人。天顺三年（1459）举人，成化十四年（1478）进士。官江西抚州府推官，迁监察御史，弘治元年（1488）巡按贵州。历云南按察佥事、河南按察佥事，官终云南按察副使。著有《拙庵稿》。

【原文】

海岳鸠灵，山川毓秀。豪杰之士，挺生于其间，以文章忠义显著于时者，是盖天地之正气，滃蒸于川岳所钟，不偶然也。故诗咏“维岳降神，生甫及申”；史载眉山郁秀，二苏出焉。吁！孰谓人杰之生，不本于地灵也哉！

若宋状元王公世则，桂之永福人也，世居邑之华盖山下。隋大业间，有双凤巢山顶，百鸟群集；宋建隆初，凤复来巢，因改华盖山为凤巢山，而公应瑞生焉。

公端重秀颖异常，词翰出人意表，气盖一时。太平兴国八年，乡荐之礼部。试大廷时，得二百三十有九人，公裒然首魁天下。太宗时幸金明池，乃宴公等于琼林苑。进士赐宴，自公始也。后公以政最进居谏垣，时太平，有事交趾，擢右正言，使往觇其国。公至彼，严夷夏之分，赠遗无所受，远人怀畏。及还，条陈事迹及山川形胜上之。太宗嘉其忠清，与苏易简辈进直史馆，恩礼优渥。淳化二年，公以帝在位久，自楚王元佐废，储贰未立，语同列曰："今日之事，孰有大于此者乎？"乃帅冯拯、尹黄裳辈，伏阙上疏，忠愤激烈，言甚切直。太宗大怒，遂罢公馆职，与冯拯等俱斥之岭南，公知象州。夫公之清声雅望，与吕文穆诸公同时并美，孰意公竟以是弗克大用于时也，惜哉！

正统丁卯，郡守姑苏吴侯惠始为公建状元坊，以旌显之。后坊毁于兵燹，扁置囹圄中，殆今六十余年矣。

正德庚午，泰和刘侯敔来宰是邑，清涤崇祀先贤，遂慨然以兴复为己任。乃卜学宫之右，凤巢山之下，即公之故居，鸠工庀材，筑基建祠。制度雅素，规模浑坚，深有慰于乡人之景仰也。经始于是年十月，落成于翌年辛未四月。是役也，材市于商，工出于募，分毫不扰于民。矧又得守备鲁君宗贵、邑博马荣、幕僚祝麟相与赞襄，所以事易集而功易成也。

呜呼！凤鸟，世不常有之物也。自隋大业至宋建隆，几五百年，两至其邑而生公。自建隆迄今，又五百余年矣。天运循环，列圣继作。治教休明，九苞五采之瑞，将不至于斯乎？其间必有文章忠义名世如公者出焉。此予之记，不惟表斯祠之创建，以显山川人物之盛，抑亦有望于斯凤之再至，而钟吾乡邦无穷之瑞也邪！

生员张颢、朱会辈，致状请予记，将勒诸贞珉，期与张曲江、

唐质肃、冯三元之祠，同侈美于永久焉。敬书此以复。

【译文】

四海五岳聚集灵异之气，高山大河孕育优秀人才。杰出超群的人士，诞生在壮丽山河中，凭借他们的亮丽文章与忠义品质，在所处时代名声显著，这大概是天地的正气，在山河中蒸腾聚会所产生，并不是偶然出现。所以《诗经》歌咏说“巍巍高山降下神仙，人间诞生了贤人甫侯与申伯”；史书上说四川眉山山川灵秀，因此出了苏轼苏辙兄弟。啊！谁说人中豪杰的诞生，不是以其家乡的灵秀山河作为根基呢！

如宋代状元王世则先生，是广西永福县人，他家世世代代居住在华盖山下。隋朝大业年间，有两只凤凰在山顶筑巢，众多鸟儿赶来这里聚会；宋朝建隆初年，凤凰再次到这里筑巢，当地因此将华盖山改名为凤巢山，而王世则先生就顺应祥瑞之兆诞生了。

王公为人端庄严肃，极其聪明，所写的文章诗词之高妙常常出人意料，豪气盖过一世之人。太平兴国八年，州县地方官推荐王公前往礼部参加进士考试。在最后的廷试中，录取进士二百三十九人，先生超群出众夺取状元。太宗皇帝当时亲临金明池，就在琼林苑设国宴招待王公等新科进士。新科进士赏赐国宴，就是从王公这一届开始。后来先生因为政绩最优而提拔担任谏官，当时国家太平，有事务与交趾交涉，王公得升职为右正言，被派去观察那个小国。王公到了那里，严格区分中国人与夷人的界限，

状元及第浮雕

不接受夷人的任何赠送，那里的人对他十分敬畏。回国后，先生将交趾国的现状及山川地理情况写成奏章呈送朝廷。太宗皇帝嘉奖他的忠诚清廉，让他与苏易简等人担任史馆官员，得到的恩德和礼遇更加优厚。淳化二年，王公认为皇上在位已经很久，但自从太子楚王赵元佐被废之后，一直没有新立太子，他对同僚们说："今天国家的政事，哪里还有比立太子更大的事？"就带领冯拯、尹黄裳等一群人，跪在宫门外呈上奏本，表达心中的忠诚愤激之情，语言十分恳切直率。太宗皇帝大怒，就撤掉了王公的史馆职

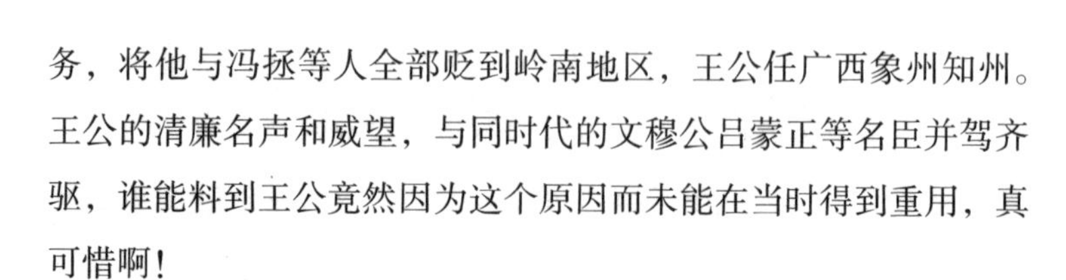

务，将他与冯拯等人全部贬到岭南地区，王公任广西象州知州。王公的清廉名声和威望，与同时代的文穆公吕蒙正等名臣并驾齐驱，谁能料到王公竟然因为这个原因而未能在当时得到重用，真可惜啊！

正统十二年，桂林府知府苏州吴惠先生首次为王公建了状元坊，用来表彰他。后来这祠堂在战乱中被毁，只剩下匾额放在监狱中，这事距今已六十多年了。

正德五年，泰和刘敔先生前来担任永福县知县，他清理供奉本地先贤的祠庙，于是感慨地将修复状元祠作为自己的责任。就选址在县学右边，凤巢山脚下，也就是王公的故居处，召集工人，预备建材，打造地基建筑祠堂。规制形貌雅致朴素，大小适宜，质量优良，对敬仰王公的乡亲父老是一个莫大安慰。建筑工作始于这一年十月，第二年即正德六年四月完工落成。这一工程，材料是从商家处买来，工人是招募而来，完全没有侵扰民众。况且又得到守备鲁宗贵君、县学教谕马荣、县衙幕僚祝麟等人的赞助帮忙，所以各项事务都容易着手，也容易成功。

啊！凤凰，是世间罕见的吉祥物。从隋朝大业年间到宋朝建隆年间，将近五百年，却两次来到永福县因而诞生了王世则先生。从建隆到现在，又是五百来年了。天道循环往复，圣人相继出现。今天的政治与教化美好清明，具有九种特征、五种颜色的祥瑞物凤凰，难道不再来到这里了吗？这之后必定还有如同王公一样以文章忠义闻名于世的才士出现。我这篇记文，不仅仅是在于表彰这座祠堂的创建，以显示本地山川人物的盛况，同时也寄希望于凤凰的再次降临，而聚集无穷无尽的祥瑞到我们家乡来啊！

永福县学生员张颢、朱会等人，写来一份呈状给我请我写一篇记文，说将要刻在碑石，希望能与唐代名臣张九龄、宋代名臣唐介以及广西著名“三元”冯京等先生的祠堂，一起永久传扬美名。我就恭敬地写了这篇文章回复他们。

【本文点评】

广西在宋代出过三位文状元，一位是宜山人冯京，另一位是富川人毛自知，而年代最早者乃是本文所写的永福人王世则。（三位状元籍贯均有争议，此处不做辨析）不过，虽然三人均为状元，但命运却大有差异：冯京是三人中唯一的幸运儿，官至一品；而毛自知不仅早死，且死前还被剥夺状元称号；王世则比毛自知也强不了多少，在朝中仅做过右正言、直史馆这样的中级官员，最后还被贬到边地蒙州（在今广西蒙山）任知州，后改象州知州，仍在广西。包裕此文，在大力赞誉王世则的才能与忠直的同时，也深为其遭遇鸣不平。

右副都御史冯公神道碑

〔明〕吴廷举

【关于作者】

吴廷举（1459—1525），字献臣，号东湖，明代苍梧县（今广西梧州市）人。成化十六年（1480）举人，成化二十三年（1487）进士，授广东顺德县知县，迁广东按察佥事兼屯田盐法道道员，升广东按察副使。历江西右参政、广东右布政使、工部及兵部右侍郎、都察院右副都御史，改南京工部尚书。嘉靖三年（1524）予致仕。还乡后建东湖书院，时人称东湖先生。死后追赠太子少保，赐祭葬，谥清惠。著有《东湖集》《春秋繁露节解》《西巡类稿》，多佚。

【原文】

公姓冯名俊，士彦其字也。其先世本庆远宜山人，后有仕于湖广江夏者，子孙因徙居兴国州。洪武初，有福原者，公之曾祖也，代外氏补戎庆远，今复为宜山人。公生而颖异，读书为文，迥出流辈。上选郡充学生，中景泰庚午广西乡试。天顺庚辰，登王一夔榜进士。初授刑部浙江司主事，历员外、郎中，折狱明恕，人称其才。成化壬辰，尝审天下囚。大司寇选于其属，以公使广东。拜敕以行，所至伸理冤枉，平反矜疑，动以百数。乙未，擢福建按察副使。建宁卫指挥杨曅者，剥军害民，货赀巨万，以私憾杀数十人。曅本东杨学士之孙，闽中上官多庇之，负冤者无所控诉，十余年矣。公临其地，人见公行事风烈，乃诉之。公自鞫问，旬日狱具，疏上其事。宪宗震怒，即刑曅，籍没其家。闽人称快。寻以外艰去。服除，改任湖广。整饬辰、沅诸府，清浪、平溪、偏桥、镇远诸卫兵备。甲辰，升广东按察使。弘治元年，升山西左布政使。寻丁内艰。五年，改任广东。壬子，升右副都御史，巡抚四川兼提督松潘诸军事。马湖土官知府安鳌，残忍不道，荼毒生民日久。屡诉于朝，事下抚按，皆虑激变，莫敢深治。公授计于分巡佥事曲锐，捕于狱，明正典刑，请废土官而立流官。数十年夷风虐政，一旦洗濯，全蜀改观。而他府司诸黠骜夷属，靡不惊心俯首，不敢傲上虐下。蜀人以为千百年来所仅见也，相率作为诗歌，传诵溢美，有集传于世焉。丙辰七月五日，以疾卒

東湖集 卷之首
大叅吳公像贊
秀骨風神和氣陽春忠存孤鯁直秉逆鱗[illegible]危不
懾已貴猶貧聲名溢於
昭代德澤被乎生民氷雪不移其操丹青莫狀其真
松岡遯老萬年[illegible]大[illegible]頓首拜[illegible]書

《东湖集》书影

于蜀省行台。距其生宣德庚戌十一月八日，得寿六十有七。讣闻，孝宗嗟悼，遣官谕祭，令有司营葬域于九龙山之源。

公天性刚毅，遇事敢为，不可以威势屈。而于吏事，尤精敏绝人。其在藩司，狱无巨细，必引鞫之，理问所受成而已。经国筹边，治民理乱。案牍如山，公一目之即得，判笔如飞。人吏三四人，录其手稿，不暇给也。清廉之性，老壮不渝。且所至有惠政，在沅州、广东尤多。公于二亲存日，侍其侧，和气低语，每事求为承顺，以悦其心。二弟早逝，抚其孤若已出者。待宗族皆有恩义，处朋友诚信不阿。遇故人倾心引接，或量力以济其乏。平居清心寡欲，外无妾媵之奉。冠婚丧祭，一循古礼。尝便道归兴国州，存问宗党，置义田若干亩，以赡其贫者。

公子五人，长良辅，任布政司参议；次良弼，任香山知县；良臣，授阴阳正科；次良谟、良语。孙轨，以武功授庆远千户；轩，举人。

公之卒也，乡贡进士沈庸已状其行，侍读学士江朝宗已志其墓。参议君谓公位九卿，法当碑于神道。不远千里，遣书廷举，谬以见属。自愧不才，难铭前哲，不敢执笔。悠悠五年，君乃遣价过洞庭，下九江，直抵留都，必欲成之。呜呼！都宪丰功大业，可谓当世之伟人。参议君老不忘亲，可谓今时之孝子矣。顾芜陋何足以传之？而言皆有征，事各有据，庶几无愧于谀妄之徒，则亦区区自许，幸与于斯文者也。铭曰：

天地两间，阴阳二气。人而最灵，厥禀惟异。禀阳之清，直方刚毅。禀阴之浊，缠绕诡秘。壮哉冯公，产于荒裔。挺然如松，无附无丽。铿然如金，不窳不器。二十发身，三十登第。四十为郎，明刑奉使。五十藩臬，持平利济。白发丹心，六十有四。都宪崇阶，镇抚西地。甫履一官，辄行其志。伸冤理枉，民命攸系。诛暴灭鳌，惊动一世。咄哉鄙夫，心惟计利。谓柔可侯，谓刚则蹶。谓宽随时，谓猛生事。见利斯趋，见害斯避。幸而有成，张扬夸毗。孰有如公，侃侃厉厉。如日之光，如山之峙。广右京堂，麟角凤翅。公破天荒，自是不替。长孺汉庭，方平宋季。直道危言，惟公可继。我初入官，曾为下吏。知公甚真，铭公何愧。宜山巍巍，龙水沸沸。高冢峨峨，百千万祀。

【译文】

冯公姓冯名俊，士彦是他的字。他的先世籍贯本来是广西庆远府宜山县（今宜州市），后来家族中有人到湖广江夏县做官，其子孙因此迁居湖广兴国州。洪武初年，有一位叫冯福原的人，是冯公的曾祖父，他代替岳父前来庆远府担任军职，所以冯氏家族现在又重新成为宜山县人。冯公从小就聪明过人，读书写文章，水平远远高于同辈。被选为庆远府学生员，景泰元年广西乡试取为举人。天顺四年，考中状元王一夔这一榜进士。最初任职刑部浙江司主事，再升该司员外郎、郎中，审判案件公正仁爱，众人赞誉他的才能。成化八年，刑部曾经核查天下囚犯案件。刑部尚书在属官中选拔派出官员，将冯公派往广东。冯公捧着朝廷的文书就上路，所到之处审理受冤者的案情，为那些冤枉或存疑案件平反，这类案件数以百计。成化十一年，升任福建按察副使。福建建宁卫指挥杨曅，剥削军人残害百姓，积聚财富数以万计，因为个人怨恨杀几十人。杨曅本是“东杨学士”杨荣的孙子，福建地方长官大多包庇他，蒙冤受害的人没有地方可以控告申诉，这样的现象已经十多年了。冯公来到那个地方，民众见冯公做事公正强势，就向他申诉。冯公亲自审问，只用了较短时间就将罪案定案，并向朝廷奏报这件事。宪宗皇帝大怒，立即将杨曅处死，抄没他的家产。福建人都拍手叫好。不久，冯公因为本家的丧事而离任。服丧期满，改任湖广按察副使。整顿辰州、沅州等府州政务，以及清浪、平溪、偏桥、镇远等军卫的兵备事务。成化二十年，升任广东按察使。弘治元年，升山西左布政使。不久又因母亲丧事而离任。弘治五年，改任广东布政使。同年升任都察院右副都御史、巡抚四川兼提督松潘诸军事。四川马湖府土官知府安鳌，为人残暴不遵法律，残害百姓已经很久。百姓多次向朝廷控诉，朝廷将案件交给四川巡抚与巡按御史处理，这些地方官都担心激起变乱，没有人敢严加追究。冯公想出计策让按察佥事分巡道曲锐执行，将安鳌逮捕下狱，依法判处死刑，同时奏请朝廷同意将马湖府由土官管制改为流官治理。几十年来的土官暴虐政治，一天以内洗刷干净，整个四川面貌随之更新。其他各府各土司那些狡猾狂傲的土官们，莫不心惊胆战低头做人，再不敢对上傲慢对下残害。四川人认为这是千百年来第一次看到的新气象，一个接着一个地把这事写成诗歌，传诵赞美，有诗集在社会上流传。弘治九年七月五日，冯公因病在四川省巡抚衙门去世。距离他的生辰宣德五年十一月八日，享阳寿六十七岁。听到讣告，孝宗皇帝叹息哀悼，指派官员带着谕令前往祭奠，命令相关官员在九龙山上选建墓地安葬冯公。

冯公生性刚强坚毅，遇到事情敢作敢为，不能够用威权使他屈服。而对刑狱之事，尤其精通过人。他任布政使时，案件无论大小，一定要亲自审问，负责审判工作的官员坐享其成罢了。处理日常政事和筹措边疆防务，管理百姓平定叛乱。相关的公文堆积如山，冯公看一遍就胸有成竹，签署处理决定下笔如飞。三四个文书小吏，誊写他的手稿，没有一点空闲时间。清廉的本性，不论青壮年还是老年时期始终不改变。而且做官所到的地方都留下对百姓有益的政令措施，其中在沅州、广东两地特别多。冯公于父母健在时，侍候在他们身边，低声说话态度和气，每件事都力求承欢顺从，以此让老人高兴。两个弟弟早年去世，冯公像对待亲生儿女般抚养他们的孤儿。对待本族宗亲都有恩有义，与朋友交往讲究诚信也不随意屈从。遇到熟人真诚见面交谈，有时也酌量给予金钱以帮助他们。日常过着平淡生活很少有什么欲望，连一个妾都没有。无论冠礼婚礼丧葬祭祀之礼，都一概遵循古代礼制要求。曾经顺路回到兴国州，慰问宗族乡党，买了义田若干亩，用来赡养宗族中的穷人。

冯公有五个儿子，长子良辅，任布政司参议；次子良弼，任香山县知县；三子良臣，任阴阳学教官；第四、第五个儿子名良谟、良语。孙子名轨，以武功授给庆远府千户之职；另一个孙子名轩，是举人。

冯公去世后，举人沈庸已经为他写了行状，侍读学士江朝宗

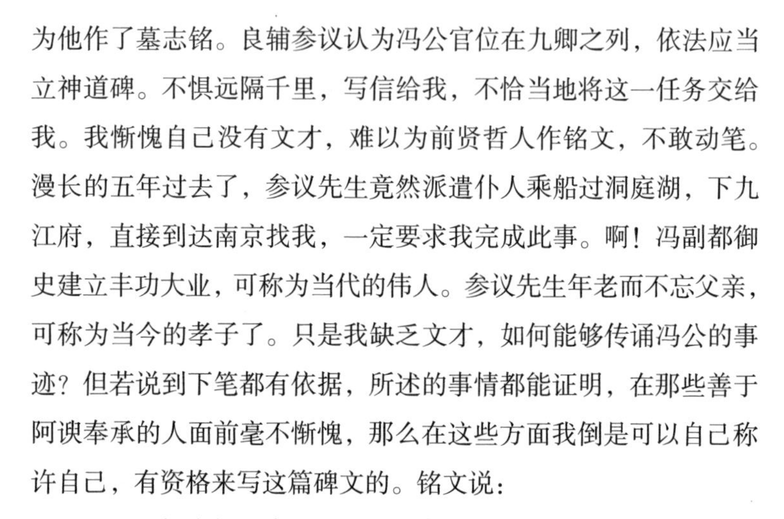

为他作了墓志铭。良辅参议认为冯公官位在九卿之列，依法应当立神道碑。不惧远隔千里，写信给我，不恰当地将这一任务交给我。我惭愧自己没有文才，难以为前贤哲人作铭文，不敢动笔。漫长的五年过去了，参议先生竟然派遣仆人乘船过洞庭湖，下九江府，直接到达南京找我，一定要求我完成此事。啊！冯副都御史建立丰功大业，可称为当代的伟人。参议先生年老而不忘父亲，可称为当今的孝子了。只是我缺乏文才，如何能够传诵冯公的事迹？但若说到下笔都有依据，所述的事情都能证明，在那些善于阿谀奉承的人面前毫不惭愧，那么在这些方面我倒是可以自己称许自己，有资格来写这篇碑文的。铭文说：

天地两极之间，有阴阳两种元气。万物中人类最具灵性，但各人的禀赋仍有差异。如果承袭了轻清的阳气，性格就会耿直刚强坚毅。如果承袭了浑浊的阴气，就会心术不正性格怪异。壮伟啊冯公，出生在荒凉的边地。如同松树般傲然挺立，无论何人都不去依附追随。如同发出铿锵之声的金器，绝非粗劣不堪的瓦器。二十岁时中举发迹，三十岁时博得进士高第。四十岁时出任刑部郎中，奉命巡视各地平反冤狱。五十岁时升任布政使、按察使，勤政爱民处事公正。六十四岁之时，白发满头不变初心。带着都察院右副都御史高衔，前往西南镇守边地。每到一任新职位，都要尽心做好事。平反冤狱伸张正义，这些关系到百姓切身利益。诛杀杨鼙灭掉安鳌，轰动全国各地。啊呀那些卑劣的小人，心中唯有自身利益的算计。他们认为圆滑可得封侯，认为刚直容易倒霉。认为从政宽容是识时务，认为严厉查处坏人是多事。见到有利可图就赶紧上去，见到可能对自己有害的事就飞快逃避。假如侥幸做成一事，就会到处张扬自我吹嘘。哪里能比得上我们冯公，从容不迫锋芒毕露。如同太阳发出的光芒，如同高山坚定不移。做到朝廷高官的广西人士，如同麒麟角凤凰翅般难觅。冯公首次破此纪录，当然有着崇高地位。冯公如同那汉代名臣汲黯，又如宋臣张方平般顶天立地。他们的忠心与直言不讳，唯有冯公可以承继。我年轻时初入官场，曾是冯公手下属吏。我十分了解冯公，为冯公作铭文问心无愧。巍巍峨峨的宜山之山，奔腾不息的龙江之水。高高耸立的冯公之墓，千万年长留此地。

【本文点评】

吴廷举本人是明代名人，为官清正，刚直不阿，曾因对抗大宦官刘瑾而几乎被打死，流放充军多年。他应邀为广西同乡、同样为当时官场名流的冯俊写碑文，当然对于冯俊生前不畏权贵、忠于职守的品性事迹特加表彰；同时也对冯俊孝顺父母、关爱兄弟朋友的美德赞誉有加。碑文末段的铭文，一般写法只用几句或一二十句，而吴氏此铭，长达六十句，较为特别。

送僧正某归湘山序

〔明〕蒋冕

【关于作者】

蒋冕（1462—1532），字敬之，号敬所，明代广西全州人。成化十三年（1477）解元，成化二十三年（1487）进士，选翰林院庶吉士，散馆授翰林院编修。累官吏部左侍郎、礼部尚书、文渊阁大学士、谨身殿大学士，加太子太傅。嘉靖三年（1524）代杨廷和任内阁首辅，因所谓“议大礼”与皇帝发生矛盾，乃致仕还乡，任首辅仅两月。著有《湘皋集》。

【原文】

湘山寺，在吾郡之西郭仅二里许。冈峦秀拔，岩壑瑰诡。云泉竹树之雅，楼阁亭台之胜，为湖南兰若甲。远迩之间，幽人胜士，方袍宿衲，来游来止者，盖岁无虚月。寺之主僧曰某公，从容延接，虽日倥偬而不以为劳，见者咸爱悦之。所以协相之者，盖其上足某之力居多。二衲之名，由是隐然不相轩轾。

今年，某以丛林妙选，受牒来京师，补郡之僧正。既拜命，过予玉堂之署，作而言曰：“湘山自有寺以来，更唐阅宋，上下数百年。世之名公巨夫、骚人墨客，过而游者，莫不徘徊而歌咏，崖镵碑刻，其多至不可缕数。岁月滋久，苔蚀藓剥，残缺而不可

蒋冕画像

读者，盖十已八九。其或题之壁间，书之简上者，亦多云散鸟没，不复能收拾。殊甚为此惧。幸今承乏主席，将归毕力于此，穷搜广访，不计岁年。天其或者不孤斯志，存十一于千百。先生傥不鄙，他日幸为我是正而诠次焉，刻梓传世，庶几山门增重也。”

予闻而异之。嗟乎！推某斯言，以求其志之所存，其不苟焉碌碌，溷迹于其侪也必矣。予且不日得告南归，蹑屐游兹山，登甲亭，步云归庵，倚阑而立，拊槛而歌，穷远目于江山云物之表。或卧苔石，或濯涧流。招白云而讯之，抚松篁而延伫。求某所搜访者而尽读之，据纸上陈编，寻山中遗迹，以一洗胸中尘土之思。庶几纡徐容与之兴，幽寻胜赏之趣，厌饫乎平生。斯时也，不知某肯扫松花，瀹茗碗，来陪我杖屦否？

【译文】

湘山寺，在我家乡全州外城西边两里路左右。山峦秀气挺拔，岩石山谷多彩奇丽。高处山泉与翠竹绿树的雅致，楼阁亭台的胜景，在洞庭湖以南的寺院中名列第一。不论远方近地，寻幽览胜的人士，身穿袈裟的僧人，前来此处游历住宿的，一年之中每个月都有。寺院的主持叫某先生，他态度从容地接待这些宾客，尽管每天都繁忙却不觉得劳累，看到他的人全都喜欢他。而协助他完成这些工作的人，以他的高徒某和尚出力最多。两位和尚的名声，因此隐隐约约地不相上下。

今年，某和尚由佛教界优选胜出，前来京城接受相关文书证件，担任全州僧正之职。他拜谢了朝廷的任命之后，来到翰林院公署拜访我，站起来说:“湘山自从建有寺院以来，经历唐朝宋朝，到如今上下几百年。世间的高官名流、诗家文人，访问游历此处，没有一个不反复赏玩而写下诗词的，这些诗文刻在崖壁碑石上，多到难以计数。经历的岁月越来越久，被苔藓等腐蚀而剥落，文字残缺而无法阅读的现象，要占到八九成。还有一些题写在墙壁上，或是写在竹木简上，也大多如同云散鸟飞一般，难以收集完整。我很为这种情况感到忧虑恐惧。幸得现在侥幸被选为寺院主持，回去后将在这件事上尽我所能，广泛搜罗访寻这类诗文，不论要花多少时间。上天也许不会让我辜负这点志向，能够在千百种诗文中得以保留一小部分。先生如果不嫌弃的话，将来希望能为我纠正错误并编次成书，让我得以刻印传世，这或者可以让寺院增加一点声望吧。”

我听了他的话感到惊讶。啊！从某和尚的这番话推断，以寻求他的志向所在，他不是一个苟且度日碌碌无为的人，并不想和他的同类人一样混日子，这是可以肯定的。我不久将要请假归乡，到那时将会穿着登山鞋游览这座山，登上甲亭，在云归庵散步，靠在栏杆边站立，手拍着栏杆唱歌，睁大眼睛眺望远方的山河云彩之类。或者睡在长满青苔的石头上，或者在山涧流水中清洗。招手向白云问话，抚摸着松树翠竹而久立。再请求拿到某和尚搜集的那些诗文详尽阅读，根据这些古诗文上的描述，寻找山中的古迹胜景一一对应，以此洗刷胸中沾满灰尘的思想。这样大概可以抒发自己从容悠闲的游兴，以及寻找胜景尽情赏玩的趣味，能够满足自己的平生志向了。到那时候，不知道某和尚愿意扫除松树的落花，准备好茶碗，来陪同我拄杖闲游吗？

【本文点评】

湘山寺今天仍为广西全州名胜，五百年前，自然更是作者蒋冕引以为豪的故乡胜景。文中的新任湘山寺主持和尚“僧正某”（作者连他的姓名或法名都未告诉读者，一副不屑提及的样子，未免失礼而傲慢），立志在上任后搜集有关湘山寺的诗文编为一集刊印传世，先请家乡名人蒋冕在书稿完成后为之作序。此文即由此生发而成，答应作序要求与否并不重要，要点在一是宣扬家乡名胜美景，二是展示自己将来回乡遨游其间的闲情逸致。至于那计划中的湘山寺诗文集，大概后来就没有下文了。

沈公去思碑记

〔明〕徐养正

【关于作者】

徐养正，字吉夫，一作字吉甫，号蒙泉，明代马平县（今广西柳州市）人。嘉靖七年（1528）举人，嘉靖二十年（1541）进士，选翰林院庶吉士，散馆授编修，升户科给事中，历任云南提督学政、南京通政使司参议、尚宝卿、光禄寺少卿、户部左侍郎，隆庆二年（1568）升南京工部尚书。卒赠太子少保，赐祭葬。著有《蛙鸣集》。

【原文】

紫江沈公者，天下之名将也。公为贵县巨胄，性慷慨，幼即不凡，才略果毅，皆天成焉。几弱冠，已制阃广西，威名大震。嘉靖戊子，会柳庆诸贼窃发，甚炽盛。复缺分守，诸裨将凛凛待命。抚臣以折冲重寄非公不可，遂令以前职摄右江诸军事。至日，定号令，誓将卒，有不顺者，即提兵剿灭之。士民无不欲公守右江者。逾年己丑，朝廷之推毂，果公也，无不说戴。

时兵事玩愒久，贼视守臣意懈惧者，见公之谋勇，颇慑，势犹不自相下焉。觇公出，精拣大众五百余人，待战于马峡之口，公不知也。贼将至，方有报者。公使人以肩舆戴衣冠，由官道出；

已乃潜径路，跨马前跃，仅骑兵五十余人随在后。公独遇贼先战，首刺执大旗者一人，杀之。一人即继至，欲害公。公夺其稍反刺之，亦坠。骑士方踵至合击，大破之，斩首三十余级。皆奔窜，曰："阵中小而锐者谁也？使沈公如若而人，吾属无遗类矣！"盖贼以公在肩舆，不知堕公之计云。自后始叹服，咸曰："公实天授。公在右江，吾终身不敢为贼矣！"威名益振，诸巢穴闻者，胥扶老携幼出见公。公为之谕以威德，一郡以宁者十余年。公去任，贼猖獗愈甚，右江始知不可一日无公。

辛丑春，予偶获第归。会柳杀千户何钺，士民思公益切，以书谋于予。予曰："专责成公荐用，当事者之责也；重之不磨，识去后之思者，吾民也。"众乃欲勒诸石，属予记之。

予曰："公之大功有五焉，不止如若所云而已也。夫吾柳处兵冲之地，诸卫所官及军朝不谋夕，久矣。公分别才智，拔其尤者而用之。诸供亿既不取诸官，又禁官不许侵及军士。有战亡者，辄临哭，捐俸买棺木葬之。军士无不感泣，于时奋誓为公死者百余人，功一也。贼宁之后，诸村寨俱编为民，粮税日复，使继公为治者可循，功二也。思恩岑金，挟精兵二千求立，势倾诸邑，边臣不能禁，公谈笑而处之，卒以就成，功三也。昔者田州之役，非公，虽肝脑涂地，何济于事？功四也。交南不臣，上命大臣出视，方略用公之言，坐定大策，不烦一骑，不戮一人，而四陲晏然，五省爰谧，功五也。其安生灵，定边鄙，镇社稷，甚久大。公虽去，其事迹彰彰在人也。且夫公之营帅府也，手植嘉木成林，民不忍伐。此可以见人心矣！今方膺上简用，迹其勋阀动天下。其为吾

民所利赖，将永永无斁。予下佞，请以是为公之甘棠，可乎？”

记成，昆山王少葵公谓予得其心之同然，而雅意于士民之请也，遂书之。

【译文】

沈紫江先生，是天下闻名的勇将。沈公出身于广西贵县的大族，生性豪爽，从小就不同凡响，才能谋略与果断坚毅的性格，都是生来如此。将近二十岁时，就已经在广西统领一方军事，威名十分响亮。嘉靖七年，碰上柳州、庆远两府各处贼人闹事，势头很是盛大。此时又缺少主管这一地区军事的将领，所以广西总兵手下各将领都在不安地等待任命。广西巡抚认为这一克敌取胜的重任非沈公莫属，就命令他保留原来军职而代理右江地区军事指挥官。他上任后，制定军令规则，动员军官士兵，有不服从的人，立即率军消灭他。当地绅士与民众全部都想要沈公留守右江。第二年即嘉靖八年，朝廷下达命令任命右江镇参将，果然是沈公，大家全都十分高兴而拥护。

当时战争已经相持很久，贼人观察官军有些懈怠畏惧的样子。但知道沈公的谋略和勇力，也很害怕，但依然不肯示弱。有一天贼人侦察到沈公出门，就挑选精兵五百多人，打算在马峡口与沈公交战，而沈公不知道。贼人将要来到时，才有人前来报告沈公。沈公命令手下穿戴官服坐着轿子，从大路走；他自己则从小路偷偷前往，骑马在前面飞跑，只有五十来个骑兵跟在后面。沈公独自一人遇到贼人，抢先开战，首先向对方手持大旗的人发起攻击，杀掉了他。另一个敌人接着冲上来，想要杀沈公。沈公夺过对方的长矛反刺回去，该敌人也掉落马下。骑兵们这时才赶到一齐冲击，大破敌军，砍得三十多个敌人头颅。敌军全都逃窜，说："战场上那个勇不可当的小个子是谁？假如沈公也同这个人一样，我们这些人就没有剩下的了！"大概贼人以为沈公在轿子中，不知道已经落入沈公的计谋。贼人回来知道实情后才叹息服气，都说："沈公的本领实在是上天授予的。沈公在右江，我们一生都不敢再做强盗了！"沈公的威名更加响亮，各个地方的贼人听到消息，全都带着老人孩子出来拜见沈公。沈公为他们一一宣扬朝廷的威信和恩德，柳州府庆远府因此得到十来年的安宁。后来沈公离任了，贼人比先前更为猖獗，右江军民才知道不能一天没有沈公。

嘉靖二十年，我偶然考中进士回乡探亲。碰上柳州贼人杀害千户官何钺，故乡的绅士民众更加想念沈公，写信给我请求想办法。我说："要推荐沈公前来任职，这是广西官府的责任；而珍视沈公的功劳永不忘记，留住他走后我们对他的思念，这是我们民众的责任。"于是大家想要立纪念碑，嘱咐我写一篇碑记。

我说："沈公的大功有五项，不止像你们所说的那样而已。我们柳州位于军事要地，而各卫所的军官士兵不负责任得过且过，已经很久了。沈公鉴别他们的才能智力，选拔其中的优秀者任用他们。相关军事费用既不要求所在地方官府供给，也禁止军官侵害士兵。若有战死的官兵，沈公往往亲临现场哭泣，捐出自己的俸禄买来棺木安葬他们。官兵们没有不因此感动掉泪的，当时就发誓愿意为了沈公而死的就有一百多人。这是第一件功劳。平定

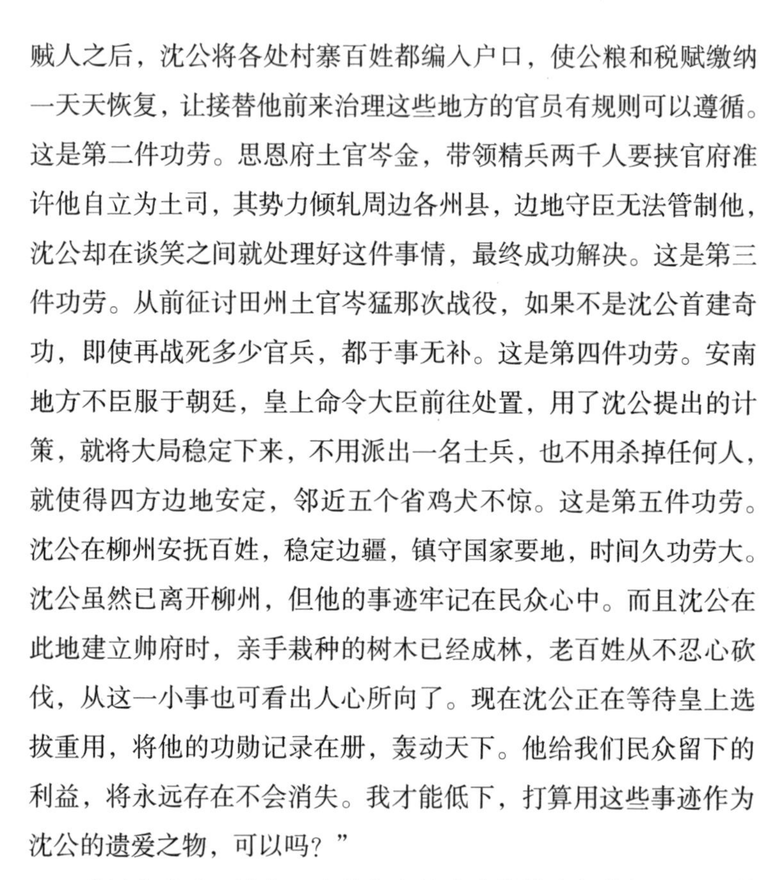

贼人之后，沈公将各处村寨百姓都编入户口，使公粮和税赋缴纳一天天恢复，让接替他前来治理这些地方的官员有规则可以遵循。这是第二件功劳。思恩府土官岑金，带领精兵两千人要挟官府准许他自立为土司，其势力倾轧周边各州县，边地守臣无法管制他，沈公却在谈笑之间就处理好这件事情，最终成功解决。这是第三件功劳。从前征讨田州土官岑猛那次战役，如果不是沈公首建奇功，即使再战死多少官兵，都于事无补。这是第四件功劳。安南地方不臣服于朝廷，皇上命令大臣前往处置，用了沈公提出的计策，就将大局稳定下来，不用派出一名士兵，也不用杀掉任何人，就使得四方边地安定，邻近五个省鸡犬不惊。这是第五件功劳。沈公在柳州安抚百姓，稳定边疆，镇守国家要地，时间久功劳大。沈公虽然已离开柳州，但他的事迹牢记在民众心中。而且沈公在此地建立帅府时，亲手栽种的树木已经成林，老百姓从不忍心砍伐，从这一小事也可看出人心所向了。现在沈公正在等待皇上选拔重用，将他的功勋记录在册，轰动天下。他给我们民众留下的利益，将永远存在不会消失。我才能低下，打算用这些事迹作为沈公的遗爱之物，可以吗？”

碑记完成后，昆山王少葵先生认为我的说法与他的想法不谋而合，而他又得到柳州士人民众的盛意邀请，于是他就将我这篇文章刻写在石碑上。

【本文点评】

沈希仪是明代广西名将，勇谋兼备，平定广西多地动乱时立功甚多，名文学家唐顺之曾作《广右战功录》(亦名《叙都督沈公广右战功》)一书表彰他。然而，后来他被调往江浙一带抵抗倭寇，却畏战避险，未立寸功，被弹劾撤职。前后对比，判若两人。徐养正此文，是歌颂沈希仪的，撰于沈希仪平定广西多地动乱时，自然多有可以吹嘘的材料；倘若作于沈希仪晚年，那就不大好下笔了。

田说

〔明〕张翀

【关于作者】

张翀，字子仪，号鹤楼，又号浑然子，明代广西马平县（今广西柳州市）人。嘉靖三十二年（1553）进士，官刑部主事，与吴时来、董传策等弹劾严嵩父子误国擅权，得罪下狱，遭廷杖，谪贵州都匀，贬九年。隆庆帝即位，召为吏部主事，历迁太常寺少卿、大理寺少卿、右佥都御史巡抚南赣、大理寺卿、兵部右侍郎、刑部右侍郎等。乞归，病卒。天启初追赠兵部尚书，谥忠简。著有《鹤楼集》《浑然子》《锦囊记》等。为后世所称明代“柳州八贤”之一。

【原文】

道傍有甫田，农夫耕之，数息而后一锄。行者见而曰：“甚矣，农之惰也！田且甫矣，数息而后一锄，将终岁无能为乎？”农夫闻之，招行者谓曰：“余将老于农矣，而莫知所以耕。子盍示我以耕之道？”行者于是解衣下田，忙忙然一息而数锄，一锄尽一身之力。未及移时而气竭，汗雨喘喘焉。不能作声，且仆于田。徐谓农曰：“今而后，知耕之难矣！”农夫曰：“耕曷难乎？子之速耕者，殆难也。夫子一息而数锄，则作者常少而辍者常多；余数

陳眉公訂正渾然子

馬平鶴樓張　翀著

檇李　于歛沈道明　校

沈　璜若水

神遊論

渾然子偶坐于龍山之石室七日不言不動不視不聽兀然槁人焉黄生不知而請叩之不見其荅呼之不見其應黄生懼退而守於門之外

渾然子

七日渾然子始調息而引足其氣勃勃然若盎盎然黄生進曰先生七日不言不動不視不聽兀然槁人焉奚所從渾然子曰余將遊於天之外地之外極言極動極視極聽黄生曰先生足不出席而謂遊於天之外地之外兀然槁人而謂極言極動極視極聽先生妄哉渾然子曰若亦知所謂天地乎哉今夫輕清上浮穹窿而蒼蒼者非天也重濁下凝塊然而無際者非地

《浑然子》书影

息而一锄，则作者常多而辍者常少。以其所常多者，较其所常少者；以其所常少者，较其所常多者，孰为速而孰为迟乎？孰为逸而孰为劳乎？”

行者服而退，着衣就道。下黄坂，过于水之滨。浑然子方垂钓于溪，问焉，行者告以故。浑然子曰：“嗟乎！岂独为农然哉？夫马急则踣，车急则覆，弦急则绝，水急则败防，鸟兽急则搏人。是故三代圣人之治民也，纾而不迫，为而不强；渐磨以仁义，而不责之旦夕；维持以刑罚，而不督之苛刻。天下不自知其入于治矣！后世秦孝公用商鞅之术，虽足以霸秦，而民有所不堪，然后陈涉氓隶之徒，揭竿而起焉。当是时，岂非气竭汗

雨喘喘焉？不能作声也哉！”

【译文】

路边有一块大田，一个农夫在耕地，他歇几口气然后才挖一锄。一个过路人见到这种情况就说：“你这农夫也太过懒惰了！这么大一块田地，你歇几口气才挖一锄，大概一年到头都挖不完吧？”农夫听到这话，就招手叫过路人前来，对他说：“我做农民差不多做到老了，却还不知道怎样耕地。您为何不给我做一下耕地的示范呢？”过路人于是就脱下衣服来到田里挖地，他匆匆忙忙地一口气挖几锄，每一锄都用尽全身力气。不大一会儿他就力气不足，汗水如同雨水般流下，喘不过气来了。他说不出话，而且躺倒在田中歇息。然后才慢慢地对农夫说：“从今以后，我了解耕田挖地是多么困难了！”农夫说：“耕地有什么困难呢？但若像您那样的快速挖地，大概就困难了。您一口气挖几锄，那么因为太累所以实际上耕作的时间少而休息的时间多；我几口气挖一锄，那就会一直不停，耕作的时间多而休息的时间少。用我多的部分去比较您少的部分，用我少的部分去对比您多的部分，哪一个快哪一个慢呢？哪一个比较安逸哪一个比较劳累呢？”

过路人心服口服，走出田地穿好衣服上路。下了黄泥坡，经过溪水旁。浑然子正在溪水边钓鱼，他询问过路人，过路人就将这事告诉他。浑然子说：“啊！哪里只有农耕之事是这样呢？马跑得太急就会跌倒，车跑得太急就会翻覆，琴弦拉得太紧就会崩断，水流太急就会冲毁堤坝，鸟兽被逼得太急就会伤人。所以夏商周三朝的圣人治理百姓时，舒缓而不紧迫，要求民众做事但不强逼；逐渐用仁义去熏陶民众，但不催促在短时间内成功；用刑罚来维持社会治安，但不会过于苛刻残暴。这样，天下人在不知不觉中就接受了国家的治理。后世的秦孝公采用商鞅的强权政治变法之术，虽然能够让秦国称霸诸侯，但老百姓忍受不了，此后就出现了陈涉这帮农夫衙役组成的队伍，举起武器起来反抗。到这时候，国家岂不是到了如同你刚才挖地时喘不过气汗如雨下说不出话的地步了吗！”

【本文点评】

行者和农夫关于挖地的争议与实践效果的故事，当然只是由头，目的是引出旁观者浑然子亦即作者的观点：挖地频率太高，效果反而不佳，因为不能持久；治民也是如此，对百姓不能太过苛刻，得留有余地，让他们能活下去；逼得太紧，就会有陈涉一类人物“揭竿而起”，那时麻烦就大了。这是作者对统治者的忠告，虽然他自己也算是统治阶级中人，但他是个明白人。

《月山丛谈》序

〔明〕张鸣凤

【关于作者】

张鸣凤，字羽王，明代广西临桂县（今广西桂林市临桂区）人。嘉靖三十一年（1552）举人，历官南直隶应天府通判、四川保宁府通判、广西桂林府通判等。著作有《桂胜》《桂故》《浮萍集》《东潜集》《河垣稿》《粤台稿》等多种。

【原文】

初，是书出于邑人前参后军事屠君家，惜轶其第一、第二卷。今年夏，临海王公，以分藩右江至，偶语及此，公取视之，乃檄宜山使求全书。书得，亲为校勘。已，乃授工刊之治所。其冬，过始安，属张子序，且曰："是而乡先生书也。"虽然，使车至部，曾未巡行，顾首取久故先辈遗书于其家，刊视部内，此甚盛德事。夫殁而见求，况与公并世而生者乎？何可不序？序曰：

李先生者，宜山人也。蚤举乙酉，冠乡诸俊。后八年，举进士，为廷尉属。又八年，佥广东宪，备兵广南韶三郡。居二年，持服西还。服满，佥滇宪，以足疾归。归十余年，始捐馆舍。至今盖三十余年矣。

方备官廷尉时，天子明圣，当廷决事，百司肃然奉行如不及。

先生随辈，守文遵职，亡从见奇。既出岭外，交州多故，幕府召集两广士大夫，图上方略。先生是时，身亦在中。迫有亲服去，不及陪诸公开关受降。一行至滇，以足不良引疾归家。家又在西南陲，非冠盖所经过。存者少，里人又亡可与语。乃出故所注记，征之前载，采之旁闻，总缀为《月山丛谈》一书，以自附于小说家者流。曰月山，在其郡西。先生自称月山子，如古鬼谷生、寒泉子之类。先生于此，似自伤已矣。亡所复冀，殆犹不忘身后名乎？

观书中诸所条列，其摭据博，其究竟审，其于乡文献间多裨益。子骏之杂记，孟坚之四夷，邹衍之谈天，《齐谐》之志怪，可谓兼之矣。岂比夫黄华使者，徒得闾里小知所称说哉！乃郡志为先生传，名而不字。虽存所著《丛谈》名，不及其行事，第曰廉而已。又特以擒一劫盗，为备兵时功最。嗟夫！何乡曲之誉，浅鄙若此甚哉！殁四十年，莫有问者，又何有于书？倘令今不遭公，求得刊布，非委之覆瓿，则捐之饷蠹，澌灭尽矣。身后之名，庸可冀乎？故不敢少逊，谨如命序，且为先生谢。并以告吾党淬励文学，俟公物色焉。

【译文】

当初，这部《月山丛谈》得自我家乡临桂县人、曾任经历之职的屠先生家，可惜遗失了其中的第一、第二两卷。今年夏天，浙江临海人王公，因为被任命为右江分巡道长官来到桂林，我偶然同他谈到此书，王公拿来看了一下，就向宜山县发出公文，要求他们找到该书完整版本。书到手后，王公亲自校勘。校勘完毕，就在他的衙门招来刻工刊印。当年冬季，王公又来桂林，嘱咐我为这部书写序言，而且说：“这是你乡前辈写的书啊。”我虽无文才，但是王先生来到他管辖的行政区，都还未曾巡视各府州县，就首先在已故乡前辈家中寻找其遗留著作，并在本地区刊印，这是有大功德的事。对已经去世的人，尚且还要搜求他们的著作，何况与王先生同时代的活着的人呢？我怎么能够不写序呢？序言说：

李文凤先生，是广西宜山县人。他早在嘉靖四年就已中举，为广西举人之首。此后第八年，成为进士，分到大理寺做官。又过了八年，任广东按察使司佥事，兼任广州府、南雄府、韶州府兵备道道员。做了两年，遇到家中丧事回到广西。服丧期满，得任云南按察使司佥事，可后来又因为腿脚有毛病辞职回乡。回家十多年后才去世。到现在已经三十多年了。

李先生在大理寺做官时，皇上圣明，随时在朝堂上处理政事，各官署官员严格执行都好像有点来不及完成。李先生跟随本署同僚，遵守相关规定履行自己的职责，无从体现自己有何特异之处。来到广东做官时，安南地方变乱甚多，两广总督召集广东广西士大夫们商议，计划向朝廷上奏应对的谋略。李先生在当时，也在被召集之列。可是不久就因为家中丧事不得已离职，来不及陪同各位长官到镇南关接受安南叛军首领的投降。又去到云南，却又因为腿脚有毛病辞职回乡。家在西南边地，并非高官名流必经之地。前来问候的人很少，乡里能够谈得来的人也几乎没有。于是他就找出自己多年来记下的资料，又从文献中辑录补充，再采集民间传闻，写成《月山丛谈》一书，将自己比附于小说家一类人物。书名中的“月山”，在他家乡庆远府西面。李先生自称“月山子”，取义如同古代的“鬼谷生”“寒泉子”之类。李先生在这里，似乎有些对于自身生平的伤感之意了。平生已经没有其他愿望了，可还是忘不了身后的名声吧?

观看此书的各条内容，搜罗资料广博，对事物的考究精审详尽，对于故乡文献也多有帮助。汉人刘歆的《西京杂记》，汉人班固《汉书》中的《西南夷两粤朝鲜传》，战国邹衍的谈天善辩，古书《齐谐记》记录的怪异故事，本书可以说兼有它们的优点。哪里像小说中所谓黄花使者，仅仅博得乡下小聪明人的称赞呢!可是《庆远府志》为李先生立传，直接称他的名而不表出他的字。虽然也列了《月山丛谈》这一书名，但却并没有写他的事迹，仅仅说他清廉而已。又特别记载他曾经抓住一名抢劫犯，说这是他任兵备道道员时的最大功绩。啊！为什么这些孤陋寡闻的乡巴佬的所谓称赞，竟然如此浅薄鄙陋呀！去世已经四十年，从来无人想到他，何况是他的书?假若今天不是遇到王公，得以将此书出版，那么原稿的命运要么是被人拿来盖坛子口，要么就是丢给蠹虫享受，肯定在世间完全消失。原本想要得到的身后名声，哪里还有什么希望?所以我不敢稍作推辞，遵照王公的命令作序，并且代替李先生感谢王公。同时用这件事告知我们这一类文人努力磨炼本领，写出更多文学作品，等待王公挑选拿去出版。

【本文点评】

笔记是一种随笔记叙、由若干篇（多者上千、少者数十）各自独立的短文组成、内容包罗万象的文体。古代广西人的著述中，笔记著作很少。明代广西宜山进士李文凤的《月山丛谈》即是其中一种。从这篇张鸣凤为之撰写的序文中，还能够了解一些基本情况，尤其是对李文凤其人，更能增加不少研究资料。然而，这部“其摭捃博，其究竟审，其于乡文献间多裨益”的笔记著作今已失传，实为广西文献一大损失。

青山记

〔明〕萧云举

【关于作者】

萧云举（1554—1627），字允升，明代广西宣化县（今广西南宁市）人。万历元年（1573）举人，万历十四年（1586）进士，选翰林院庶吉士，官詹事府詹事，擢吏部侍郎，充会试主考官，晋太子太保、礼部尚书。卒谥文端，赠太傅。著有《青萝集》。

【原文】

粤西奇山水，大都在西北，而东南鲜称焉。邕，东南郡也。其水郁江。其山奇者，曰青山，去城可十里许，游客乘舟而至者良便云。

山势自东南来，连亘西北，迤若蛟蟠，矫如凤翔，一名“凤头山”。其左有蛟潭，聚大鱼，喷潭水有声。离潭里许，为山麓。游者从中而上，有石级，级数仞。一门累石而成，是曰“石门”。门之上有大岩，里父老缘而屋焉。屋凡三楹，四面皆石，楹可容数十人。岩气从屋中腾腾上，命之曰“烟崖石屋”。屋右道狭而峻，有石壁，蒙烟萝，俯眺郁江，殊清旷，是为“沧屿小览”。壁傍循斗而登，有岩层而窟者，再命之曰“双斗岩”，其顶为“平畴云屋”。左道甚坦，厥石削如屏者，稍耸峻。道上行可三十步，

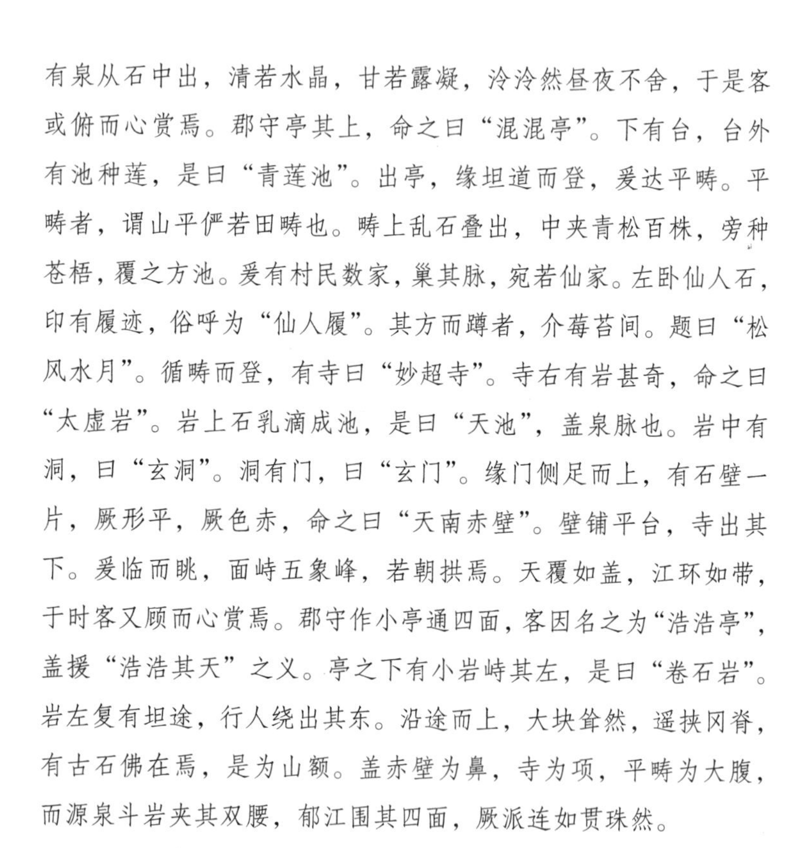
有泉从石中出，清若水晶，甘若露凝，泠泠然昼夜不舍，于是客或俯而心赏焉。郡守亭其上，命之曰“混混亭”。下有台，台外有池种莲，是曰“青莲池”。出亭，缘坦道而登，爰达平畴。平畴者，谓山平俨若田畴也。畴上乱石叠出，中夹青松百株，旁种苍梧，覆之方池。爰有村民数家，巢其脉，宛若仙家。左卧仙人石，印有履迹，俗呼为“仙人履”。其方而蹲者，介莓苔间。题曰“松风水月”。循畴而登，有寺曰“妙超寺”。寺右有岩甚奇，命之曰“太虚岩”。岩上石乳滴成池，是曰“天池”，盖泉脉也。岩中有洞，曰“玄洞”。洞有门，曰“玄门”。缘门侧足而上，有石壁一片，厥形平，厥色赤，命之曰“天南赤壁”。壁铺平台，寺出其下。爰临而眺，面峙五象峰，若朝拱焉。天覆如盖，江环如带，于时客又顾而心赏焉。郡守作小亭通四面，客因名之为“浩浩亭”，盖援“浩浩其天”之义。亭之下有小岩峙其左，是曰“卷石岩”。岩左复有坦途，行人绕出其东。沿途而上，大块耸然，遥挟冈脊，有古石佛在焉，是为山额。盖赤壁为鼻，寺为项，平畴为大腹，而源泉斗岩夹其双腰，郁江围其四面，厥派连如贯珠然。

以山不高而秀，水不深而清，较视西北之险峭为善云，旧名曰“青秀山”。今曰“青山”，盖从本象云。

【译文】

广西的奇异山水，大多在西北部，而东南部就少有得到称道的地方。南宁，是广西东南部的一个府。它的大河叫作郁江，它的山峰中最奇特的，叫青山。青山离南宁城有十里路左右，游客

不干楷而壯不管鍵而巖壑險如是宜與邕之山
川土出並永永已代有興者畏民歲而增修其闕
無俾城壞是在愛養拊循哉臬大夫胡名廷宴閩
之漳浦人郡守林名夢琦閩之晉江人郡丞張名
繩皋滇之俞元人袁倅名晃楚之潛江人司理李
名自榮粲之固始人陳令名奇器東粵之順德人
督役者萬夫長蔡若芝郡人治獄事吳應遷楚之
黃岡人法得例書
青山記　蕭雲舉
粵西奇山水大都在西北而東南鮮稱焉邕東南
南寧府志　卷四十九　藝文志　記　九
郡也其水鬱江其山奇者曰青山去城可十里許
遊客乘舟而至者亘便云山勢自東南來連亘西
北迤若蛟蟠蟜如鳳翔一名鳳頭山其左有蛟潭
聚大魚噴潭水有聲離潭里許爲山麓遊者從中
而上有石級級數仞一門累石而成是曰石門門
之上有大巖里父老緣而屋焉屋凡三楹四面皆
石楹可容數十人巖氣從屋中騰騰上命之曰煙
崖石屋屋右道狹而峻有石壁濛煙蘿俯瞰鬱江
殊清曠是爲滄嶼小覽壁傍循斗而登有巖[illegible]而
窗者再命之曰雙斗巖其[illegible]爲平臺云屋右道甚

《南宁府志·青山记》书影

坐船前往很方便。

青山的走向是从东南方来，横过西北面，绵延曲折如同盘着的蛟龙，又如矫健飞翔的凤凰，所以又名“凤头山”。山的左面有一处“蛟潭”，潭中聚集着大鱼，喷出潭水发出响声。距离蛟潭一里多路，便是青山山脚。游人从那里上山，有石头砌成的平台，每一级有几丈高。有一道门，是用石头垒成的，这叫“石门”。石门上面有一片宽大的崖壁，当地百姓沿着崖壁建造房屋。房屋共三间，四面都用石头砌成，每一间可以容纳几十个人。崖壁的湿

气与烟气从石屋中升腾而上，名为“烟崖石屋”。石屋右边的小路狭窄而陡，路边也有石壁，被烟气藤萝所覆盖，在此处俯视郁江，很是清新旷远，此处为“沧屿小览”。从石壁旁边朝着北面爬上去，见到由几层岩石叠成的两个洞窟，名为“双斗岩”，洞窟顶上则叫作“平畴云屋”。左边的路很平坦，但旁边那石壁则像一座刀削成的屏风般耸立着，较为峻峭。从这条路往上走三十步左右，有一道泉水从石缝中流出来，像水晶般清澈，像凝结的露水般甘甜，水声清脆悦耳昼夜不停，有的游客走到这里就会驻足观赏。南宁府知府在泉水上方建了一座亭子，名叫“混混亭”。下面有一处台子，台子外面有一个种着莲花的水池，名为“青莲池”。出了亭子，沿着平坦的道路走上去，就到了一块平地。所谓平地，是指山上那个地方平整得像田地一样。平地上到处都是乱石，乱石中夹杂着百来棵青翠的松树，旁边栽种梧桐树，枝叶覆盖着树下的方形池子。有几家当地的村民，在近水处建了房屋，看上去像是神仙的住处。左边卧着一块据说仙人踩过的石头，石上还有脚印的痕迹，俗称“仙人履”。还有一些像是蹲着的方形石头，杂在青苔之间。这地方名为“松风水月”。沿着平地再往上，见到一座寺院名为“妙超寺”。寺院右边有一处岩石模样奇特，名为“太虚岩”。岩石上滴下的水形成一个小池子，叫作“天池”，大概就是那道泉水的源头。岩中有一个洞，称为“玄洞”。洞有门，称为“玄门”。从玄门侧着脚步上去，有一片石壁，它的形状平坦，它的颜色是红色的，名为“天南赤壁”。赤壁面前有平台，寺院就在平台下边。我就在平台上眺望远方，只见对面就是五象峰，好像在朝见又像在拱卫着青山。蓝天在上如同一只巨大的盖子，郁江环绕好像一条青玉带，此时此景让人不禁停留下来观赏一番。知府在此处建了一座可以通往四面的亭子，有人给亭子命名为“浩浩亭”，这是援引《中庸》里“浩浩其天”之句的意思。亭子下面有一块较小的岩石挺立在左边，称为“卷石岩”。卷石岩左边又有一条平路，行人沿着这条路可以绕出山的东面。沿路上去，只见大地突起，被远处的山冈包围着，整体观看，青山如同一尊古老巨大的石佛，而此处就像是它的额头。赤壁是它的鼻子，寺院是颈部，山腰的平地是它的大肚子，而泉水与双斗岩缠绕在它腰部两侧。山下的郁江从四面围绕，勾连起各种景物如同老佛的一串念珠。

因为这座山不高而秀气，水不深而清澈，比起广西西北部那些险峻的山要显得和善一些，所以过去称它为“青秀山”。现在称为“青山”，这是以它原本的形象命名的。

【本文点评】

文中所写的青山，即今南宁市青秀区的青秀山，今仍为市内著名景区之一。文中萧云举给他故乡这一胜景各处景点题写的众多名字，今天基本不传；倒是他的前辈名流董传策在山上留下的遗迹“董泉”，至今仍存。不过，就文论文，萧氏此文还是写得不错的，笔下景致，多而不乱，简而见色。

浔州白石山记

〔明〕龙国禄

【关于作者】

龙国禄，明代广西桂平县人。万历十三年（1585）举人，万历二十三年（1595）进士，历任福建海澄县知县、广东惠州府知府、湖广岳州府知府、四川重庆府知府等。著有《向若篇》等。

【原文】

浔之南，妙有之运，崛而为石。石之高，不知其几千尺也。刺峰为两，翠黛霏微，插青天，吐白云，历历亭亭，若削若涤。于是骚人托迹，衲子谈空，吏隐探奇，墨卿吊诡。而霓裳仙子，时亦萧飒至焉，窈冥莫之睹也。

道箓者，志怪者也。箓之言曰：洞天二十一，通勾漏洞。葛洪修炼其上，丹灶存焉。倘所谓仙窟，是耶非耶？余自虚无，盼望肘怒欲飞，已乃驾雄风，度丘墟，冽涧荐危，林峦骖乘，长松拂盖，怪石朋迎。上岖嵚，达洞门。古木萧椮，奇花点缀，空明寂历，云气沾衣。寺轩然，垩漫然，栋宇焕然，坊第矗然，皆新构也，奕奕皇皇，窅窅燿燿。中肖三宝大佛，金碧荧煌。余既肃参，乃始步两廊，揖山僧，稍憩禅房。上奉三四木主，视之，则乡先达户曹甘公、参藩李公、郡丞陆公暨若子庠彦月轩公，大都捐赀力理嵁岩，故祀之云。余毕致礼，山僧进茗啜余。嗽飞泉，读残碑，觅异览玄。旁观铁树一本，传云六十年始花，即谚称丁卯云。余怪之曰：“六十年一花，见者几何？”山僧顾笑。逍遥行数步，为世尊祠，庄洁如前，亦新构。祠后为绝壁，苍翠蒙翳，古字断续，雄睥读，盖宋洪熙中德进上人所为，祝圣寿作也，以故揭其寺曰“寿圣”。余读且叹曰：“嗟乎嗟乎！浩劫递迁，悬崖如昨；德进已化，嗣者伊谁？”山僧又笑。惟时夕阳西照，烟雾萦回。迤北里许，为清真岩，广袤二丈，中有三真像。前构一堂，稍巍峻。侧有泉如线，澌流应声洪钟，叩之而雨密，声已辄缓。或曰上有李仙岩，棋磴具在，此灵水也。或曰此勾漏洞所通之窟，余记道箓，适印证。欲起而翱翔其境，顾崦嵫戒昏。而余乃始问传灯，舍罗筏，谭空色，畅无生踵，深深息也。

夜半，栩栩然梦也。若登阆风，见所谓异人导引云。大觉疏钟，神清兴逸。遂与山僧履危石，蹑径巷，瞰天一线，逡巡梯竹行。三里，为白云窝，晴霭郁蓊，两峰对峙。北转而东，蹊益峻，左右代受踵，二分垂在外。为鹅颈峰，上有龙洞，水潺潺也。岁旱致祷者，挹是往往神应之。盘曲迤东，猿鼯吟啸，古干烦拿，四望溟蒙，万里一碧，天花乱落，目幻心飞。是为会仙岩。噫吁嚱危乎！真仙窟哉！余因礼稚川，问长生，抚掌高歌。仰天叹曰：“仙乎仙乎！吾将会汝，汝会之乎？”顷之，商飙摇飒，白云如盖。恍然昨梦导引其人，岂葛翁来耶？其事甚怪。

于是寻丹灶，掇神芝，得万年松。万年者，干之不朽，渍之复生也。满志护持还寺，与山僧谈吐纳之方，茹炼之术。因言：“火

传不尽，喑醷有涯。身世因缘，总属苦空。无啬尔神，日月青山，子请笔记可乎？”余惟嶙峋削锐，旖旎都房，瀑布吞虚，刁调怒窍，山有至文，余何庸记？托迹希夷，谈空物化，探奇布采，吊诡抽思，玉藻琼敷，余何敢记？无已，为绎松树之旨夫！万古常新，山松似之。历世创见，寺树同之。是乃所以记也。

新庙貌现庄严，壮山灵，成功果。山僧迥轶德进之上。而余观胜事，跳层崖，瞻望先达诸公，直旦暮遇之矣。是举也，经始于万历庚辰，讫工于癸未，费金若干，皆僧募之，众捐之。而陆生坦居多，审势相形，与有力焉，坦盖月轩公子。捐资姓氏，类得镌石。僧名善慧，别号本空上人。

【译文】

浔州府南部，若有若无的天地之气，凝聚而崛起成为一座石山。石山的高度，不知道有多少百丈。山峰分为两部分，翠绿的山头雨雾蒙蒙，直插青天，白云缭绕，耸身直立山景清晰可见，如同利刀削成，又如同清水洗过。然后诗人来这里寄托诗情，和尚来这里谈禅，官员来这里探访奇景，文人来这里做出些怪异的行为。而天上的霓裳仙子，有时也乘风前来游玩，只不过身处幽冥之中人们看不见她。

道箓这种道家典籍，记载了不少怪异之事。道箓上说：这座白石山是道家第二十一洞天，通往勾漏洞。晋代著名道士葛洪曾在山上修仙炼丹，炼丹用的炉灶现在还在。那么如果我们把这里称为仙山仙洞，到底是对还是错？我在恍惚幻境中，盼望着自己

白石山

生出翅膀将要高飞青天，然后乘着强劲的风，飞越荒野，清澈冷冽的涧水为我捧上酒杯，大小山头作为驾车的骏马，高大的松树抚摸着我的车盖，无数怪石列队迎接我。在这样的幻想中，我从崎岖山路登上白石山，来到洞门前。只见古老的树木繁茂高耸，奇异的鲜花随处开放，空旷澄澈安静清幽，云气缭绕能将衣服沾湿。一座宽敞的寺院出现，墙面刷得雪白，房屋十分漂亮，还矗立着牌坊，这些都是新建成的，高大堂皇，光明灿烂。院中塑有三宝大佛像，金碧辉煌。我庄重地参拜佛像后，才开始走过两旁的走廊，与寺院的主持和尚见面行礼，在禅房中稍作休息。禅房里供奉着三四块木制的牌位，看了一下，原来是本地前辈贤达户部郎官甘先生、参政李先生、府同知陆先生及他的儿子秀才陆月轩先生，这些先贤大都曾经捐款出力削平那些高峻的山岩，所以祭祀他们。我向这些牌位行礼完毕，寺院主持端来茶水请我饮用。然后出寺外观赏瀑布，阅读残存的古碑，寻找观览各种奇异玄妙的事物。看到旁边有一株铁树，相传六十年才开一次花，就是民谚所说的铁树丁卯年开花。我对这种说法感到奇怪，说："六十年才开一次花，有几个人见过？"主持和尚回头笑起来。悠闲地走了几步，看见一座佛祖祠堂，和前面那些建筑一样庄严整洁，也是新建的。祠堂后边是一堵陡峭山崖，被苍翠的藤蔓遮盖着，石壁上刻有断断续续的古代镌刻的文字，睁大眼睛阅读，大概是宋代洪熙年间（译者按：洪熙为明代年号）的德进和尚所作，内容是敬祝皇帝寿诞，所以这座寺院的牌匾上题作“寿圣”。我一边读一边叹息说：“啊呀！一次次劫难陆续发生，可这座悬崖万古不移；德进和尚已经坐化，继承他的又是谁人？”主持和尚又笑起来。此时西方的夕阳照耀，烟岚雾气在山间来回流淌。往北走了一里多路，就是清真岩，长宽各两丈，里面有道家三位真人的塑像。岩前建有一座堂室，较为高大雄壮。旁边有一道很小的山泉，它的流水与寺院的钟声相呼应，敲钟就流得急一些，钟声停止就流得缓慢一些。有人说这是因为这泉水上面有一处李仙岩，仙人下棋用的棋盘和石凳都还在，所以这是一道灵异的泉水。又有人说这里的洞窟与勾漏洞相通，我想起道箓中的相关记载，刚好能印证这一说法。我本想马上畅游这一胜景，但是时间已近傍晚。于是我就开始探究佛法，舍去佛家教化之说，谈论那些所谓“空即是色，色即是空”之类的玄妙理论，追寻不生不灭的化境，然后慢慢沉睡过去。

半夜，我做了一个生动逼真的梦。在梦中，我好像登上了仙家的洞府，见到奇异的仙人前来指导我修炼。寺院的钟声让我大梦惊醒，觉得神清气爽心志安逸。于是就和主持和尚一起爬上高高的岩石，踩着狭窄的山间小道，有的地方抬头看天只有一条线那样宽，有的地方还得架上竹梯才能爬上去。走了三里路，到了白云窝，这时只见远处晴天的雾气朦朦胧胧，雾气中两座山峰相对耸立。从北面又转向东面，小路更加险峻，只能左脚挨着右脚小心地交替行进，有时脚板的一部分还悬在路外边。这里叫鹅颈峰，上面有一个龙洞，洞中有溪水流出。大旱之年那些求雨的人，来这里捧水祈祷往往得到神灵的回应而下雨。又沿着弯弯曲曲的小路往东走，听到猿猴和鼯鼠的鸣声，眼前古树树枝四处伸展，

远望烟雾弥漫朦朦胧胧，天空一望碧蓝，令人有一种天花乱落的感觉，眼前出现幻境，心中想入非非。这里叫作会仙岩。啊呀呀真高啊！真是神仙洞府啊！我于是就向葛洪仙人致礼，想向他请教长生不老的道术，拍着手高声唱起歌来。仰面朝天叹息说："神仙呀神仙呀！我想与你见面，你能接见我吗？"一会儿，只见秋风吹过树林发出响声，白云如同巨大盖子笼罩天地。我突然想到昨晚梦中那些指导我修炼的仙人，难道真的是葛仙翁来了吗？这事真是很奇怪。

这时我就找寻仙人炼丹用的炉灶，捡拾神仙享用的灵芝，并找到一种万年松。说它万年，是因为它枯干也不腐烂，用水浸泡又能复活。我得意扬扬地拿着回到寺院，与主持和尚谈论养生运气的技巧及饮食修炼的方法。和尚就说："薪火永远流传没有尽头，个人的真气修炼则有限制。个人的身世际遇不同，但到头来总归于一无所有。不要吝啬你的神思，这些永存的日月青山，请你将它们记录下来，可以吗？"我想那些突起怪异或平或尖的山峰，如同美丽的花房；那些不停吞虚吐水的瀑布，猛烈撞击洞穴发出巨大古怪的响声。大山本身就是一篇尽善尽美的文章，我还有什么必要去记？至于那些寄托于虚幻玄妙踪迹的神仙，那些关于物我同化之类空幻理论的谈吐，或者那些探幽寻奇的人挥洒文采，梳理他们诡异的思绪，运用美如琼玉的辞藻撰写文章，这些我又怎么敢记？实在不得已，就让我来演绎松树的寓意吧！永远长绿长新，山上的松树大致合乎这一评价。世世代代阅尽沧桑，寺院的大树也同样具备这样的资历。这就是我写这篇文章的主旨所在。

新建的这座庙宇模样十分庄严，使得山神也因此更为壮伟，成就一件大功德。寺院主持和尚的素质超越那位德进和尚。而我在此观看山间美景，翻越层层山崖，瞻仰各位乡贤前辈的遗迹，简直是早晚之间就全遇上了。建造新寺院的事，开始于万历八年，万历十一年完工。所花费的若干钱财，都是和尚去募捐，大众所捐助的。其中青年陆坦出钱最多，而查勘地形、审视走向等事，他也是积极参与者。陆坦大概就是上文说到的月轩公子。捐款人的姓名，一般都能够刻碑记载。主持和尚法名善慧，别号叫本空上人。

【本文点评】

白石山今天仍为桂平名胜之一。道家典籍将其列为第二十一洞天，明代即为旅游景点，曾有包括徐霞客在内的众多游客光临。明清时以此山为描写对象的文章不少，就文采而言，龙国禄此篇当居首。作者以诗意笔法描写在山上所见所感，飘飘忽忽，虚虚实实，似真似幻，中间还以朦胧梦境点缀，以禅语道术牵合。此文在游记中别具一格。

天河迁县记

〔明〕张烜

【关于作者】

张烜，名一作煊，明代广西宜山县（今广西河池市宜州区）人，寄籍河池州。正德十四年（1519）举人，嘉靖八年（1529）进士，历官吏部员外郎、广东参政、浙江布政使、南京操江御史及巡抚南赣、右副都御史巡抚河南等。著有《吉山集》。

【原文】

《周礼》：“惟王建国，辨方正位，体国经野，设官分职，以为民极”，“以土宜之法，以相民宅，而知其利害，以阜人民，以蕃鸟兽，以毓草木，以任土事。”是故，辨土宜民，司牧者先务也。而怠于事者置之，莫或为也；局于费者难之，莫或振也；短于才者惧之，莫或举也。三者有一焉，而欲建功施泽，以图报称者，未之前闻也。

由今观之，惟田侯其与于斯乎？夫侯，天河贤令也。天河为县，乡额有四，里十有八。国初建邑于思农，高寨之城，其势孤，其乡僻。鷩贼乘间得而侮之。景泰以来，劫掠日甚，官民莫敌，相与奔附上里之甘场村。因便就简者，八十余年矣。甘场之地，山势险逼，风气弗辟，民病于虎。维时嘉靖乙酉岁，侍御谢公汝仪力主迁议，而奉行者匪人，莫克振举。及侍御郑公濂又力主之，相延十年于兹。

岁癸巳，侯奉命宰治。下车之初，相厥险僻，蹙然曰："是可以安民物、为政教地邪？"维时，郡守林公庭杓、郡倅邹公志学、节推安公和，试侯以政，知侯之可与有为也。责以迁邑，且戒曰："慎哉！无怠而事，无辜而学，无自废而名。"侯毅然曰："敢不敬厥事以成厥功！"遂与父老谢公、厚公、钺公栗、吴公杨，遍登涉以规形胜，测向背以望风气，历原隰以辨土宜。举无愈于福禄社之平旷者，佥曰："美哉兹土！山环水聚，其宜于吾民乎？"遂绘图移牍，以闻于郡。郡以闻于督府陶公谐、御史曾公守约，佥曰："允哉！"

工始于嘉靖甲午六月廿又九日，徙居于是年腊月廿又二日，毕工于乙未春夏之交。城池高深，实足慰止。城计五百余丈，池称之。若堂宇，若仓廒，若鼓楼，若公馆，若城隍庙，若山川社稷，天祀坛壝，一举而新之。问其力，取那阳罗侯廷凤义兵也；问其材，出诸措置也；问其匠，出诸募工也；问其犒赏之费，出诸捐俸也。惟儒学殿庑明伦，特估值以移文于当道，迄今未报，是则莫遂就绪，侯心歉然。

岁戊戌仲夏，侯以调官去。父老曰："侯劳于力而民享其逸，劳于政而民饮其惠，功在于民而莫纪其盛，岂其情哉！"相率属记于烜，且以告于署县郡博毛君纯，曰："宜哉！"遂勒石于县治仪门之左。继侯而治，当有感而起者，则学宫之兴，不言可知。侯之心，可以自慰矣。

郡人张烜撰。

【译文】

《周礼》说："君王建立国家，必须要辨明国都地理方位，建起都城并划分四野土地，设立官职以分担各种职责，使首都成为百姓拥戴的政治中心。"又说："用因地制宜的方法，然后观察并决定百姓建造住房的地方，了解那些地方对居民有何好处有何弊端，以求增加人口，繁衍鸟兽牲畜，种植树木花草，使土地具备生产粮食的能力。"所以，辨识土地以建设适宜于民众生活需求的治所，这是地方官员的首要事务。但是在这件事情上，懒惰的人会放弃它，什么事情都不干；缺乏经费的人感到困难，觉得什么也干不了；没有才能的人害怕做不了，什么事情都不敢做。这三种情况只要具备一种，那么还想建功立业给百姓造福，以此报效国家，这是从未有过的事情。

从今天的现状观察，只有田知县才能具有这样的建功立业、给百姓造福、报效国家的素质能力吧？田知县，是在天河县任职的好知县。天河作为县，有四个乡、十八个里。本朝初年在思农建县城，县城犹如一个高处的村寨，形势孤单，地点偏僻。那些凶暴的贼人得以利用某种机会欺侮县府衙门。景泰年以来，抢劫案件一天比一天严重，县城官府与居民无法抵挡，一起逃到上里的甘场村。一直在那里因陋就简地将就着居住，到现在已经八十多年了。甘场村那个地方，山高路险，社会风气尚未开化，百姓被老虎所害情况严重。在嘉靖四年时，广西巡按御史谢汝仪先生就大力主张迁移县城，但是因为执行者不是合适的人选，未能办成此事。稍后又有广西巡按御史郑濂先生主张迁移，可是拖了近十年依然如故。

嘉靖十二年，田知县奉命前来治理天河县。刚刚到任，他就观察县城危险偏僻的处境，非常担忧地说：“这样的地方怎能够作为让百姓安宁、让政府施政并开展教化的处所呢？”这时候，庆远府知府林庭杓先生、府同知邹志学先生、府推官安和先生，在施政能力方面测试田知县，知道他是能够干好事情的。于是就将迁移县城的任务交给他，并且告诫他说：“小心啊！不要懈怠你的政事，不要辜负你的所学，不要自己废掉你的名声。”田知县坚毅地接受任务，说：“我怎敢不尽心尽力对待这事并使之成功呢！”就与县里的长者谢先生、厚先生、钺栗先生、吴杨先生，到处跋山涉水选择建城地址，观察风水是否吉利、阳光地气等是否合适，平原和低洼之处是否适宜作物生长。所有这些方面的条件都只有福禄社地方的那块平地。大家都说：“这地方漂亮啊！青山环绕绿水聚集，应该适宜于我们的老百姓吧？”就画好地图、写好文书，呈送给庆远府。庆远府又报告两广总督陶谐先生、广西巡按御史曾守约先生，两位长官都说：“很好啊！”

建城工程从嘉靖十三年六月二十九日开始，当年腊月二十二日开始搬迁，全部完工于嘉靖十四年春末夏初。城墙高而护城河水深，足可让城中居民安心定居。城墙长五百多丈，护城河长度一样。其他像衙门公屋，像仓库，像鼓楼，像公馆，像城隍庙，像山神庙、河神庙、土地庙、谷神庙，像祭天的祭坛，全部都是新建完成的。若问是谁出劳力，是从那地土州土官罗廷凤处征来的土兵；若问建筑材料从何而来，是来自各种措施筹措而得；若

文化广西

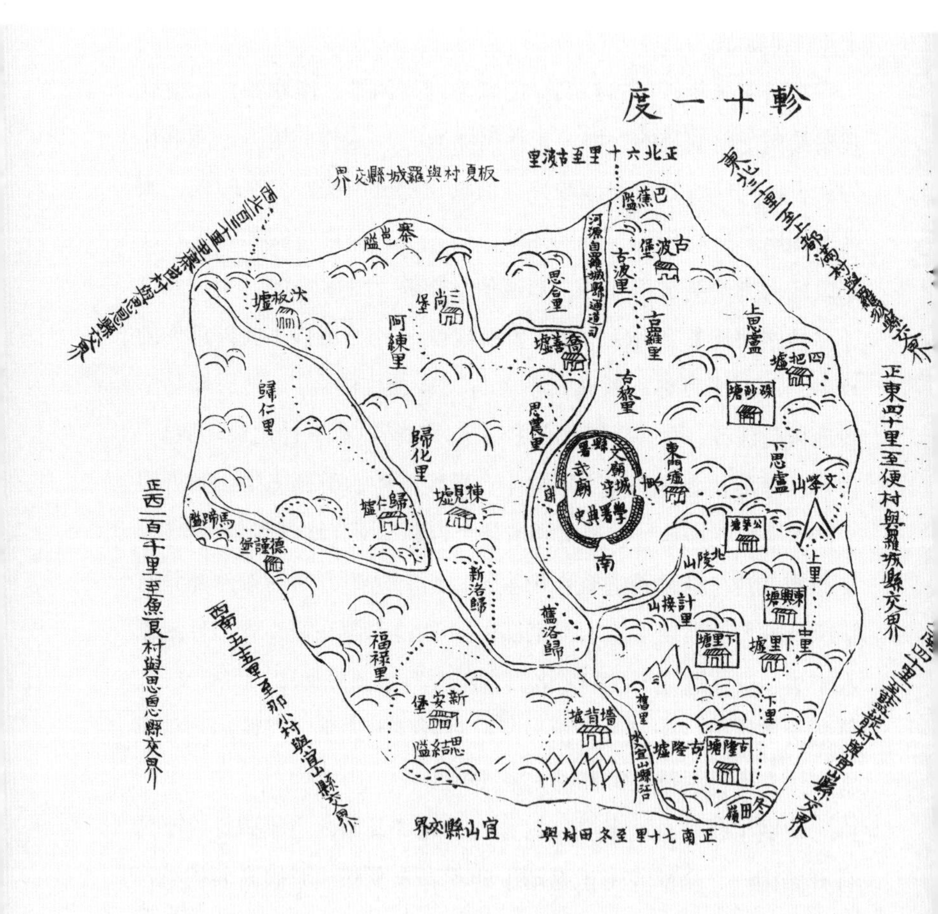
轸十一度
正北六十里至古波里
板夏村與羅城縣交界
巴蕉隘
寨邑隘
古波堡
古波里
思合里
三尚堡
阿練里
古羅里
上思盧
四把墟
古黎里
歸仁里
歸化里
思農里
下思盧
文峰山
東門墟
文廟
武廟
歸仁墟
揀見墟
馬蹄隘
德謹堡
南
新洛歸
福祿里
新安堡
思結隘
墙背墟
古隆墟
冬田嶺
宜山縣交界
正南七十里至冬田村與

◎ 天河县分野舆地图

问建筑工匠来自什么渠道，是招募而得；若问犒赏各类相关人员的费用来源，是来自各位官员捐助自己的俸禄。只有县学学宫中的明伦堂，特别单独计算它的建设费用报告上级官府请予报销，直到现在还没有回音，这就使得建设工程还不能算最终收尾，田知县对此深感歉意。

嘉靖十七年五月，田知县因为官职调动离开天河。父老乡亲们说："知县出力建城而民众安逸享受，知县施政劳苦而民众得到恩惠，对民众有功却没人记载他的大德，这哪里符合人情呢！"大家一起前来请我写一篇纪念此事的文章，并且告诉了代理知县、庆远府教授毛纯先生，毛先生说："这是应该的啊！"于是大家就立了一块石碑在知县衙门第二道正门的左边。接替田知县前来任职的人，应该会受到感动而振起奋发，那么学宫建设的继续完成，不用说就知道结果了。田知县的心中可以得到安慰了。

本府人张烜撰写。

【本文点评】

即使在今天，要搬迁一座县城，都不是容易之事，而在古代那就更难。文中的天河县城，位于今天的广西罗城县，虽说那时这座县城很小，但以当时的物质条件，搬迁仍然是一项十分艰巨的任务。文中的田知县，敢于在自己不长的任期内承担这一任务，而且相当出色地完成，难能可贵！遗憾的是，作者张烜此文虽然意在表彰田知县，却居然连他的名字都未表出，反倒是给一批无关紧要的人列出大名，这是何种逻辑？实在令人莫名其妙！

应天禅寺记

〔明〕邓士奇

【关于作者】

邓士奇，明代广西横州（今广西南宁市横州市）人。万历三十一年（1603）举人，解元，官四川邻水县知县等。

【原文】

月江南二十里，为宝华山，与古钵对峙。丹崖翠巘，罗列如屏。茂竹修林，苍翠可挹。唐始创应天禅寺，缁徒数百。洪熙间，有二禅师骑白鹿花虎，往来山间。建文帝卓锡城南寿佛寺一十余年，尝访师山中，亲颜“万山第一”四大字于寺额。宣德、正统，代有修葺。寺田数顷，嘉靖时废佃民间。

万历辛卯，檀那莫子琮等协力鼎创，平基宏构殿宇前堂五间。又前为门，翼以廊。未几，栋宇再圮。先大夫悼建文遗迹不宜陨灭，集善者叶仰洲、陈仰桥等，捐金募资，庀材重建。筑书舍，周缭以垣。前堂右间，新装建文帝像，一如老佛，侍以鹿虎二师，从帝志也。匾曰“隐龙殿”，仍颜帝题四大字。入者徘徊瞻仰，如觐天颜焉。万历中，馆议谓帝元孙，君临天下四载，崇文图治，无忝守成。且亲在九世，议亲议贵，世皆宜祀，祀宜懿文太子园陵。此山寺耳，曷以塑？所以著君臣大义，炳扬人心，不以世远事湮在草莽而弃之也。

工兴万历丙午季夏，役竣无记。甘氏自若辑志，恐湮没余先大夫之心，与诸父老重建兹寺之意，挽余记之。

【译文】

横州月江南面二十里，有一座宝华山，与古钵山两相对峙。红色的崖壁翠绿的山峰，如同屏风般排列。茂盛的竹子与高高的树林，一片苍翠如同可用双手捧起。唐代在这里建立应天禅寺，有僧人几百名。本朝洪熙年间，曾有两位和尚，一位骑白鹿一位骑花虎，在这山中往来。建文帝流落为僧时在横州城南寿佛寺居留十多年，曾经前往宝华山中访问两位禅师，亲自题写“万山第一”四个大字挂在寺院门楼上。宣德、正统年间，各代都对寺院做过修缮。寺院有田地几百亩，嘉靖年间因为寺院荒废而租给民间耕种。

万历十九年，施主莫子琮等人大力帮助重建，平整地基建起佛殿前堂房屋五间，又在前面建了大门，同时还盖了走廊。没过多久，殿堂又坍塌了。我已故的父亲伤感于建文帝的遗迹不应该就这样湮没，就召集善人叶仰洲、陈仰桥等，捐款集资，备办建筑材料再次重建。建了书房，四周用墙围着。在前面殿堂右边房内，新塑了建文帝的像，还是老佛模样，旁边侍立着骑白鹿花虎的两位禅师，这是遵从建文帝的遗愿。佛殿的牌匾署“隐龙殿”，仍旧挂上建文帝题写的那四个大字。来到佛殿的人在此来回瞻仰，就如真的看到皇帝的龙颜一般。万历年间，史馆曾商议说，建文

帝是太祖皇帝长孙，称帝统治天下四年，崇尚文化，尽心治理国家，不愧是守成之君。而且与当今皇上也属于九代之内的直系亲属，无论是从皇亲的立场，还是基于显赫地位的立场，都应该建庙祭祀，所建的建文帝庙宇以靠近其父亲懿文太子的园陵较为适宜。而这个应天禅寺只不过是民间山中小寺，为什么要塑建文帝像？这是为了宣扬君臣之间的大义，激励人心，不因为时代久远事迹埋没在边地草野就丢弃不管。

这次修建工程始于万历三十三年六月，完工后无人作文记载。乡人甘自若辑录了与禅寺有关的文献资料，又担心埋没了我已故父亲的善心，以及各位父老乡亲重建这座寺院的好意，就请我写这篇文章作为纪念。

【本文点评】

明朝第二代皇帝建文帝朱允炆，被其叔父朱棣发动军事政变推翻后，在京城被攻陷时化装逃走，不知所终。野史笔记及地方志中有不少关于他的行踪下落的记载，其中，流落广西横州南山寺十余年的说法言之凿凿。本文作者的父亲曾募集资金重修建文帝题词的当地佛寺应天禅寺，作者作文纪之。文章固然有表彰其父行善之意，但更重要的是为建文帝张目。

竹味庵前记（原为山房）

〔明〕陈瑾

【关于作者】

陈瑾，字白岳，明代广西宣化县（今广西南宁市）人。万历三十四年（1606）举人，官江西南康县知县，迁同知，擢湖广按察副使兼常德兵备道道员。著有《竹味山房集》。

【原文】

余家青山泰清峰下半里许，有峰若峨眉，山势曲抱，水石幽郁，别一洞天。自塔龙起，诸岩再当其案，大江横绕其前。山头峙孤塔，山脚巨石侧卧。泉出石罅，甚芳冽。昔余寻泉源得此，泉应属余，因名“粼玉”。山腹方平圆整，广可五丈，修称之。余买山初得此地，有在家应僧韦某者，适赞成之。问之，无他能，特善种竹。乃作茇舍，供观音大士。覆屋用茅，垩壁用泥，羃窗用纸。环屋惟栽一味修竹，遂额曰“竹味”。

作庵之明年，竹高于石。风来，竹与石斗；雨来，石与水斗。僧曰：“是宜阁。”乃就庵右作小阁跨之，团团如瓮，因以“银瓮”颜之。竹石相戛，水声淙淙，庵景之绝奇处也。左方石亦奇，竹稍疏，石稍秃。昔人遗有洼樽，镌有棋局，暨掌迹足迹，古榕覆之。据石而饮以酒，注洼中，可以对局消忧。稍东有亭，亭去石不数

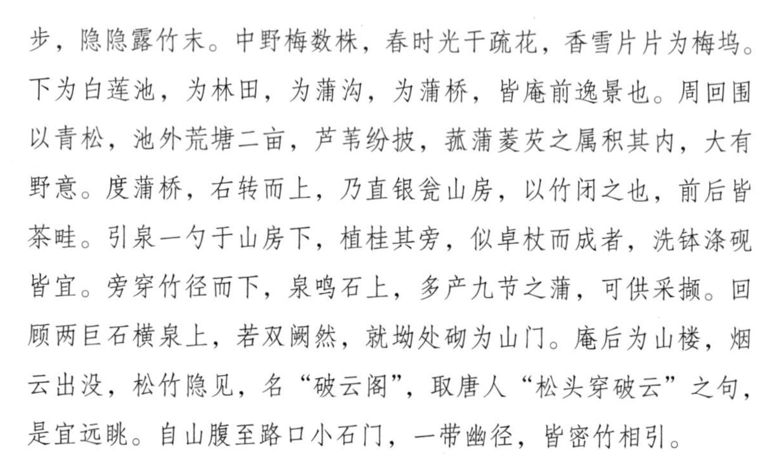

步，隐隐露竹末。中野梅数株，春时光干疏花，香雪片片为梅坞。下为白莲池，为林田，为蒲沟，为蒲桥，皆庵前逸景也。周回围以青松，池外荒塘二亩，芦苇纷披，菰蒲菱芡之属积其内，大有野意。度蒲桥，右转而上，乃直银瓮山房，以竹闭之也，前后皆茶畦。引泉一勺于山房下，植桂其旁，似卓杖而成者，洗钵涤砚皆宜。旁穿竹径而下，泉鸣石上，多产九节之蒲，可供采撷。回顾两巨石横泉上，若双阙然，就坳处砌为山门。庵后为山楼，烟云出没，松竹隐见，名“破云阁”，取唐人“松头穿破云”之句，是宜远眺。自山腹至路口小石门，一带幽径，皆密竹相引。

竹味中人，取物甚精，用物甚啬。于泉取一勺，于室取一斗，于画取单条，于字取独幅，于瓶取如胆，于鼎取如拳。小小过活，尽有意致。僧又精于理竹，且有焚修之意。乃以庵属之，尝与逍遥竹下。有客过庵中谈，僧曰：“谨避其锋。”余曰：“请参竹味。”谈者茫然，遂为庵中一案。

【译文】

我家位于南宁青山泰清峰下半里左右，这里有一座有点像峨眉山的小山峰，山势弯曲如同怀抱，流水清幽岩石沉静，另有一种道家洞府的气象。从塔龙开始，各处岩石好似摆在面前的桌上，大江则在前边横流。山头上耸立着一座孤塔，山脚下一片巨石侧身躺着。一道泉水从石缝中流出，十分甘香冷冽。先前我到处寻找水源时找到这一泉水，它的所有权应该归我，我因此给它命名为“鄰玉泉”。小山腰部有一块方中带圆形的平整土地，大概有五丈宽，长度也差不多。我当初买下这座小山后就得到这块地，刚好有一位在家修炼的和尚韦某，愿意帮助我充分利用这块土地。我问他有何特长，他别无其他才能，只是擅长种竹。于是我就在这里盖了草屋，供奉观音菩萨。用茅草盖屋顶，用稀泥涂抹墙壁，用纸糊窗户。环绕屋子周围只栽种一种植物即竹子，于是我又给小屋悬挂一块匾额名叫“竹味庵”。

建好竹味庵的第二年，竹子已经长得高过巨石。刮风时，摇动的竹枝与石头相互摩擦；下雨时，石头又和雨水搏斗。韦和尚说：“这里应该建一座阁子。”于是就在草庵右边的竹石中间建了一个小阁，圆圆的像一只大瓮，因此我题写了一方匾额名叫“银瓮”。竹枝与石头互相撞击发出响声，与流水之声彼此应和，这是竹味庵的非常奇妙的景致。庵左边的石头也很奇特，竹枝稍微稀疏一些，石头稍微平整光滑一些。前人在石头上凿出一个形如酒樽的洼处，又刻有棋盘，还有一些类似手掌印和脚印的痕迹，被一株古老的榕树所覆盖。靠在石头边饮酒，将酒倒一些在那石樽中，又可以下棋解闷消愁。往东边不远有一座亭子，亭子离石头只有几步路，隐隐约约从竹枝顶端露出来。亭边有几株野生梅花树，春天时枝干稀疏开着花，片片散发香气的梅花如同雪花飘落在树下堆成一个梅花坞。再往下是开着白色莲花的池塘，是长着树木的地块，是蒲草沟，是蒲草桥，都是庵前清幽的景致。周围都是青翠的松树，白莲池外边有两亩宽的荒废池塘，里面的芦苇在风中摇摆，菰、蒲草、菱角、芡这些水生植物积满池中，村野气息十足。走过蒲桥，转过右边再往上走，就碰上那座银瓮山

南宁青秀山

房，四面都有竹林围着，前后都有一垄垄茶树。引来一缕山泉流过山房之下，在旁边栽种一株桂树，样子像是立着一根手杖，洗钵洗砚台都很方便。从庵旁穿过竹林间小路下去，泉水流过石头上发出响声，泉边有许多九节的蒲草，可以采集。回头看见两块巨大石头横在泉流上，好像两座阙楼的样子，我就叫人在中间砌了一道山门。庵后面小山上建有一座楼，常有云气雾气缭绕，从松树边竹林下不时可以看见，我命名为“破云阁”，取义于唐人杜荀鹤“松头穿破云”的诗句，这个地方适宜眺望远方。从山腰到路口的小石门，这一带有几条幽静的小路，都与茂密的竹林相通。

竹味庵的主人，选择的用品很精致，而用的物品很少。泉水用一勺，房间只有斗大，挂的画只用条幅，书法只用单张，花瓶像一颗胆那么大，鼎如拳头差不多大小。在这些小小物件中度日，觉得大有意趣。韦和尚又善于种竹，且有焚香修炼的意愿。我就将竹味庵交给他打理，常常与他在竹林中逍遥快活。

有一次一位客人来庵中闲谈，韦和尚说：“小心避开他的锋芒。”我说：“请探究竹的禅味。”客人一脸困惑不知我们在说什么，于是这就成为竹味庵中一段公案。

【本文点评】

作者在青秀山（在今广西南宁）上建了一座茅屋，有石有泉，有池有林；屋内又做种种布置，“小小过活，尽有意致”。尤其是种植翠竹，遍绕屋边，“竹石相戛，水声淙淙”，更显生意与诗意。雅人闲情，士子逸致，不知者大约视为无聊，知味者定当引为同调。

既有“前记”，应是打算再写一篇“后记”，然未见。

清代

游牛首山记

〔清〕谢良琦

【关于作者】

谢良琦，字仲韩，一字石臞，号献庵，明末清初广西全州人。明崇祯十五年（1642）举人，未及出仕而明亡。入清，历任浙江淳安县知县、江苏宜兴县知县、江苏常州府通判、福建延平府通判等。善作文，当时有论者评其“古文逼近昌黎”，意思是他的古文成就近似唐代古文宗师韩愈。有《醉白堂文集》等传世。

【原文】

癸卯三月，在金陵与客游牛首山，即天阙山也。

先一日，宿山下僧舍，凌晨相与摄衣而上，逮午始至最高处。索居湮塞之余，聊用舒意快志。有间，与客藉草而坐，饮涧水，荫修竹。

客曰：“吾闻桂林之山名天下，其岩洞丘壑奇异，吾恨未及见，子盍为我言之？”余曰：“未暇也。客且为吾言兹山之胜。”客曰：“然。兹山者，吾金陵所称名山也。自吾与子出长干未数里，见双阙天半，云霞蔚起，苍翠烟岚万状者，非兹山之高也耶？稍进，众山蜿蜒绵亘，其势若拱揖趋让，独巍然于其中无所依傍凭藉者，非兹山之尊也耶？至山下，乔木数万，风声淅沥。逶迤三四里，

桂林山水

山门隐隐若白云之封其前者，非兹山之深也耶？顾见山势嵯峨壁立，台观宫阙，朱帘画栋，杰出于太虚碧落之间者，非兹山之奇也耶？峰峦叠矗，草木蒙茸蓊翳，上方钟磬音乐飘飘摇摇，若远若近，非兹山之灵且秀耶？”

余曰：“观止乎？”客曰：“未也。其洞然疏以数者，则有丹梯白云之在其中，长松怪石、断崖侧径之在其左右。其丽然明以洁者，则有塔影暮悬，石火昼起，朝霞朝鲜，夕霭夕映。其凛然峻且邃者，嵌空玲珑，侧垂斜立；仙人石屋，鸣弦流水；日光檐隙，照见崄隘，不敢逼视。至其气象清明广大，则大江千里，波涛浩淼当其前；祖堂献花，诸山拱其后。或晴雨之殊观，朝暮之异态。日月寒暑之不同其时，则莫不有其高尊、奇秀、疏数、明洁、峻邃之胜以应之。维子之游之殆将见之，虽吾亦不能尽言之也。”

余又曰：“观止乎？”客曰：“如是。”

余曰：“吾无以告子。凡吾桂之山，其接于目者，皆如是也。斯亦得其十之二三也已。且使是山者幸而生于兹，使其不幸而生于粤，则虽欲独以名称，岂可得哉！”客曰：“有是夫？吾不信也。虽然，请子归而述吾之言，使吾藏之。异日者吾将游于粤，则庶几见之。虽索居不虑湮塞焉，且以验子之言也。”余曰：“诺。”乃为之叙述以遗之。

【译文】

康熙二年三月，我在金陵与客人游牛首山，也就是天阙山。

游山前一天，我们在山下寺院住宿，第二天凌晨一起提着衣襟上山，到中午才爬到山顶。在一段离群独居闭塞郁闷的生活之后，姑且用这样的方式来让心胸舒畅精神愉快。过了一会儿，我和客人坐在草上休息，喝着清澈的溪水，又到高高的竹林下乘凉。

客人说："我听说广西桂林的山闻名天下，那里的岩洞山谷等十分奇异，我很遗憾还没机会看到，你为何不给我说一说？"我说："现在还没到时候。你先给我说说这座山的美景。"客人说："好吧。这座山，是我们金陵人所说的名山。我与你从长干里出城走了几里路，就看见天空半处现出如同两座高楼般的山峰，云霞在山上生出，苍翠的山头上烟雾般的山气呈现出各种美丽的形状，这难道不是呈现出这座山的高吗？再往前走一段，又看见众多山峰弯弯曲曲地排列在牛首山周围，那种姿势就像是在向牛首山拱手作揖谦让，而牛首山独自在中间高耸完全不去靠近依傍别的山，这难道不是表现出这座山的尊贵吗？走到山下，只见山中树木数以万计，树林中风声淅淅沥沥。弯弯曲曲地再延伸三四里，高大的山门挺立在若隐若现的白云中，这难道不足以证明这座山的深邃吗？回头再看，只见巍峨山峰像墙壁一般直立，山上的各种楼台宫观之类建筑物，红色的帘子与五颜六色的殿阁，在玄妙空寂的半空中出没，这难道不足以证明这座山的奇妙吗？层出不穷的山峦重重叠叠耸立，青草树木杂乱丛生而茂盛，山上各种乐器发出的美妙音乐四处飘荡，似乎在远处又似乎在近处，这难道不是表现出这座山的灵秀吗？"

我说："此山的美景只有这些了吗？"客人说："还没说完。那些疏朗明亮的洞室下面，白云缭绕中恍惚若有仙梯，崖室左右分布着高大的松树、奇形怪状的石头、陡立的峭壁和羊肠小道。那些看上去美观亮丽鲜明洁净的山景，有夕阳下高悬的塔影，大白天闪烁的石火，清晨耀眼的霞光，傍晚灿烂的云气。那些看上去庄严高峻而又深邃的景致，如同镂空雕刻而成精巧无比的石林，或者侧面垂下或者斜着站立；石屋旁边流水淙淙，似乎是仙人在弹琴；山间的阳光从房檐的缝隙射入，让人不敢仰视那些险峻的岩壁。至于说到此山清明广大的气象，那就有：波涛翻滚的千里长江，浩浩荡荡在山前奔流；众多小山在它背后左右恭敬肃立，似乎正在向祖先祠庙献花。晴天和雨天各有不同的景致，早晨和傍晚各有不同的形态。阳光之下、月色之中、寒冬季节、盛夏时光这些不同的自然条件下，此山都会显现出或高贵庄严、或奇异秀美、或疏朗雅致、或鲜明洁净、或险峻深邃等不同美景来对应。以上所说的这些景致你在游历时大概都会见到，即使是我也无法完全描述。”

我又问：“此山的美景只有这些了吗？”客人说：“就像这样了。”

我说：“我不知道怎样告诉你。凡是我们桂林的山，只要是看得到的，全部都是这样的景致。你刚才所介绍的这些，对于桂林山水而言还不足以形容它美景的十分里面的二三分。而且，你说的这座山幸亏是生在这里，假如它不幸生在广西，还想要名声显赫，那是不可能的啊！”客人说：“有这样的事情？我不信。虽说如此，请你回去后将我们这些对话写成文章，让我收藏起来。将来我如果去广西游览，那时也许就可以看到你说的那些胜景了。

即使我待在家中不出门，看看你的文章也不至于孤陋寡闻，而且我还要留下证据以后用来检验你的那些话。”我说：“好吧。”于是就为他记叙此事并将文章送给他。

【本文点评】

作者要向金陵（今南京）的朋友夸耀“甲天下”的桂林山水，但他并不直接列举桂林山水的奇妙处，而是模仿汉代枚乘作名赋《七发》的路子，欲擒故纵。先请朋友列举金陵名胜牛首山的种种奇景，等朋友天花乱坠地吹嘘一通之后，作者才不动声色地说：“桂林的山，凡是能看到的，随便哪一座都比你所夸耀的牛首山强。你这牛首山生在这里实在是幸运之极；假如它不幸生在广西，根本就不会有人看它一眼。”完全不与对方比什么山之高大灵秀、长松怪石、嵌空玲珑之类，而是抓住重点、一针见血。笔法甚妙！

山川

〔清〕石涛

【关于作者】

石涛（1641—约1718），本姓朱，名若极，明末清初广西桂林人，靖江王朱亨嘉之子（石涛虽然祖籍安徽凤阳，但其家族已在桂林生活二百余年，视为广西人无可置疑）。明亡后，随母逃至全州，在湘山寺为僧。法名原济，亦作元济，石涛为其字，又号瞎尊者、苦瓜和尚、大涤子、清湘老人、小乘客、零丁老人、靖江后人、赞之十世孙阿长、清湘遗人等。中年住南京，晚年定居扬州，卖画为生。擅画山水，兼工书法和诗，并擅园林叠石。为画坛一代巨匠。对绘画理论卓有所见，主张遗貌取神。著有《石涛上人遗集》《石涛题画录》《画语录》《石涛和尚山水集》等。

【原文】

得乾坤之理者，山川之质也；得笔墨之法者，山川之饰也。知其饰而非理，其理危矣；知其质而非法，其法微矣。是故，古人知其微危，必获于一。一有不明，则万物障；一无不明，则万物齐。画之理、笔之法，不过天地之质与饰也。

山川，天地之形势也。风雨晦明，山川之气象也。疏密深远，

石涛画像

山川之约径也。纵横吞吐，山川之节奏也。阴阳浓淡，山川之凝神也。水云聚散，山川之联属也。蹲跳向背，山川之行藏也。

高明者，天之权也。博厚者，地之衡也。风云者，天之束缚山川也。水石者，地之激跃山川也。非天地之权衡，不能变化山川之不测。虽风云之束缚，不能等九区之山川于同模。虽水石之激跃，不能别山川之形势于笔端。

且山川之大，广土千里，结云万里，罗峰列嶂。以一管窥之，即飞仙恐不能周旋也。以一画测之，即可参天地之化育也。

测山川之形势，度地土之广远。审峰嶂之疏密，识云烟之蒙昧。正踞千里，邪睨万重。统归于天之权、地之衡也。天有是权，能变山川之精灵。地有是衡，能运山川之气脉。我有是一画，能贯山川之形神。

此予五十年前未脱胎于山川也，亦非糟粕其山川而使山川自私也，山川使予代山川而言也。山川脱胎于予也，予脱胎于山川也。搜尽奇峰打草稿也，山川与予神遇而迹化也。所以终归之于大涤也。

【译文】

想要了解天地自然的原理，须从山川的内在本质入手；想要掌握作山水画的技法，须从山川的外表形象入手。了解它的表象而否定它的原理，对掌握原理而言就受到损害了；知道它的本质而否定它的具体方法，那么那种方法也就衰微了。所以，古人知道要防止这种损害和衰微风险，就必须将本质与表象作为一个整体统一认识。不明白这个道理，做任何事情都将遇到障碍；明白这个道理并实施，那做任何事情都将畅通无阻。

山川，是天地的形状势态。刮风下雨阴天晴天，是山川的气象形态。或疏或密或深或远，是山川的曲直体现。纵横排列吞云吐雾，是山川的节奏。大气的阴阳浓淡，是山川凝聚神思的结果。水流云彩的聚散，表现了山川之间的联络。或蹲或跳或向或背的姿态，是山川的行止踪迹。

高而明亮君临万物，这是上天的威权。广博宽厚承载万物，这是大地的称量。风和云，是上天用来束缚山川的事物。水和石，是大地用来刺激山川的事物。如果没有天地的威权承载，山川的变化莫测就不能得到约束。即使风云对山川起到束缚作用，但不能因此认为九州山川一模一样。即使有水和石的刺激，但这种刺激本身也无法让画家在笔下区别山川的形状势态。

而且山川如此广大，地上宽广千里，天上的云彩绵延万里，数不清的山峰排列延伸。如果只用一根管子扫视，那么即使是高飞空中的仙人恐怕也难以全部看清。但若用一幅山水画加以浓缩，那么就可以从中体会天地教化养育万物的伟大力量。

观察山川的形状势态，揣测土地的宽广遥远。审视山峰的稀疏密集，辨识云烟的朦胧迷茫。正面观察眺望千里目标，侧面斜视突破万重障碍。这些又统统归之于上天的威权与大地的称量。上天有这样的威权，所以能够幻化出山川的精怪与灵物。大地有这样的称量，所以能够运行山川的气势与血脉。我们有这样一支画笔，所以能够贯串山川的外貌与精神。

这样说吧，我五十年前作画时还不能从山川外貌本身完全剥离出来，当然也不是因为我只画出山川的糟粕而使山川变得自私，而是山川想让我做它的代言人。山川从我的画笔下以崭新面目出现，我也从山川的精神灵气中获得新生。将所有奇山异水汇聚胸中酝酿新的画稿，山川与我精神相互融合而化出奇妙的作品。因此最后仍然归结于对心灵的深深洗涤。

【本文点评】

这是石涛《画语录》中的一篇,《画语录》是他论画学的一种著作。他身为皇家贵胄，却流落江湖且落发为僧，一生心绪，唯出之于画笔点染，寄托于画理研究。其论画之文，富含哲理，如本文即是。此文论山川与作画之关系，强调山川不仅是作画的取材对象，作画者更须与山川融为一体，从各种层面角度体味山川之神髓。“搜尽奇峰打草稿”一语，更被后世艺术界、文学界视为准绳。

南山遗事记

〔清〕陈奎

【关于作者】

陈奎，字星聚，清代横州（今广西南宁市横州市）人，康熙三十七年（1698）贡生。孝顺父母而友爱兄弟，知州柯宗仁题其庭曰“一堂聚顺”。

【原文】

靖难兵既济江，直趋金陵，薄金川门。曹国公李景隆开门迎降，大内遂哗。建文帝急召程济问计，济曰：“陛下之天位虽去，而天年未尽；国土虽失，而社稷未亡。若祝发出走，可免。”帝从之。相传帝方急，时一官捧洪武遗箧，封锁甚密，曰：“曩受命，戒以急难乃启。”至是启之，得杨应能度牒及髡缁。程济曰：“数也，可奈何？”立召主录僧溥洽，为帝削发。从水关出，逊位而去，程济随亡。

帝既出，执杨应能度牒云游四方。数遇难，程济皆以术脱去，自湖入蜀。成祖疑之，命给事中胡濙等，以访张邋遢为名，遍物色之，十年不可得。

帝复自蜀入滇游闽，最后入广西，至横州南山寿佛寺居焉。帝题诗云：“阅罢楞严磬懒敲，笑看黄屋住团瓢。南来瘴岭千寻险，

北望天门万里遥。款段久忘飞凤辇，袈裟已换衮龙袍。百官侍从归何处，惟有群鸦早晚朝。”亲书寺门曰“万山第一”，后为州守携去，今所悬者，乃摹仿遗迹也。事载州志。

居南山十五年，人不之知。徒归甚众，恐事泄，复遁至南宁陈埠江一寺中。归者亦然。去之。

思恩知州岑瑛出行，忽遇一僧当道立。从者呵之，自称为建文帝，由滇历闽粤游方至此，今老矣，欲送骸骨归帝乡。瑛大骇，闻于巡按御史，奏之朝，驿送赴京，号为老佛。途次赋诗云：“流落江湖四十秋，归来不觉雪盈头。乾坤有恨家何在？江汉无情水自流。长乐宫中云影暗，昭阳殿里雨声愁。新蒲细柳年年绿，野老吞声哭未休。”

及至京，未审虚实。以太监吴亮曾经侍膳，使往视。帝见亮即曰：“汝非吴亮耶？”亮对曰：“不是。”帝曰：“我昔御便殿时，食子鹅，弃片肉于地，汝伏地舔食之，何谓不是？”亮涕泣于地。既而复命，遂迎入西内焉。英宗因升思恩州为思恩府，擢思恩州土官知州岑瑛为知府。时正统五年事也。

州人因塑帝像于南山寿佛寺左，额曰“应天禅寺”，名其殿曰“隐龙”。史云帝归养西内后，遂不知所终云。

【译文】

燕王的靖难军已经渡过长江，直奔南京城，逼近金川门。曹国公李景隆打开城门投降，迎接靖难军，皇宫中于是一片大乱。建文帝急忙召来谋臣程济询问计策，程济说：“皇上的皇位虽然保不住了，但应享有的阳寿并未完；虽然失去了国土，但祖宗留下的政权还在。如果剃掉头发扮成僧人流亡，可以躲过当前的灾难。”建文帝听从了他的话。相传在这紧急关头，有一官员捧着一个太祖皇帝留下的箱子来见建文帝，箱子密封锁闭十分牢固，这个官员说：“从前小臣受太祖皇帝命令保管这个箱子，告诫说在最危急的时候才打开。”这时候将箱子打开，只见里面有一份署名杨应能的僧人证明文书和和尚穿的黑色僧服。程济说：“命中注定如此，还有什么办法？”马上招来主持和尚溥洽，为建文帝剃发。建文帝随后从下水道出宫，辞去帝位逃走，程济跟随他逃亡。

建文帝出宫之后，拿着杨应能的僧人证明文书四方游走。几次遇到危险，都被程济用法术救出，经过湖广进入四川。成祖皇帝怀疑建文帝仍在人间，命令给事中胡濙等人，以访求道士张邋遢为名，到处寻找建文帝，但找了十年也没有找到。

建文帝又从四川进入云南，再往福建云游，最后转到广西，来到横州南山寿佛寺居住在这里。建文帝题诗说：“看完佛经我木鱼钟磬懒得敲，可笑我将皇宫换作蒲团与水瓢。来南方踏过遍布瘴气的高山险岭，眺望北方的宫门相隔万里之遥。早已忘记宫中矮马拉的飞凤车，和尚的袈裟代替了当年的龙袍。先前朝堂侍候的百官现在在何处，只剩下一群乌鸦早晚来上朝。”他又亲自为寺院大门题写了一块“万山第一”的牌匾，这牌匾后来被横州知州取走，现在悬挂的是由他人模仿遗迹写的。这事在《横州志》中有记载。

建文帝在南山居住了十五年，还没有人知道他的真实身份。

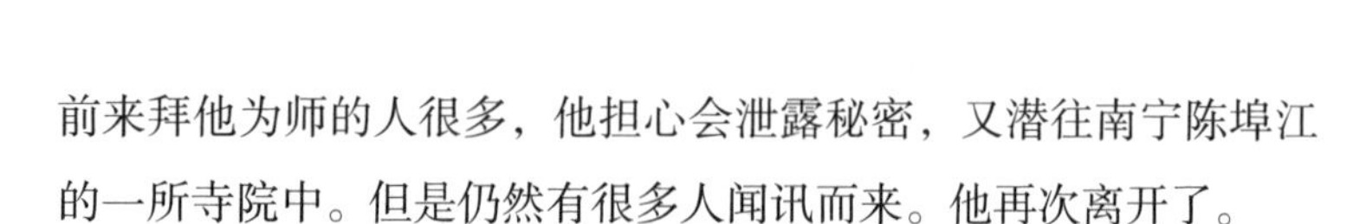

前来拜他为师的人很多，他担心会泄露秘密，又潜往南宁陈埠江的一所寺院中。但是仍然有很多人闻讯而来。他再次离开了。

广西思恩州知州岑瑛，一次出行，忽然遇到一个僧人拦住去路。岑瑛的随从呵斥僧人，那僧人自称是建文帝，说自己从云南游历福建、广西来到这里，现在年老了，想要将这把老骨头送还京城。岑瑛大惊，报告广西巡按御史，再奏报朝廷，朝廷下令用驿站车马将建文帝送往京城，以“老佛”称他。建文帝在途中作诗说：“四十年来在江湖四处漂游，如今回到京城已白发满头。天地给人留下遗恨我的家在何处？无情的长江汉水依旧自己奔流。长乐宫中云气花影早已暗淡，昭阳殿里雨声淅淅使人生愁。蒲草的新叶柳树的嫩枝年复一年翠绿如故，隐居草野的故人压抑的哭声也从未停休。”

来到京城，朝廷还不能辨明建文帝身份的真假。因为太监吴亮曾经侍候建文帝用膳，所以就派他前去辨认。建文帝一见他就说：“你不是吴亮吗？”吴亮回答说：“不是。”建文帝说：“我从前在宫中便殿时，吃小鹅肉，丢了一片肉在地上，你趴在地上用嘴舔吃了那块肉，你怎么说自己不是吴亮？”吴亮跪在地上哭起来。然后吴亮就回去报告情况，建文帝就被迎接送进皇宫的西城。英宗皇帝因此将思恩州升级为思恩府，提拔原思恩州知州岑瑛为知府。这是正统五年的事。

横州民众于是在南山寿佛寺左边塑了建文帝的神像，在寺院门上挂上“应天禅寺”的牌匾，将寺院中的大殿命名为“隐龙殿”。史书上说建文帝被送往皇宫西城赡养后，就再也没有人知道他的下落了。

【本文点评】

本书《应天禅寺记》一文写横州士人修复建文帝朱允炆题词的佛寺之事，可参看。本文则直接记叙关于朱允炆流落江湖特别是寄迹广西的种种传闻。建文帝之事，在其他明清文献中亦有载录，其真伪难以断言。本文所载，亦有他处所缺乏的内容，如称广西思恩州知州岑瑛因奏闻建文帝事而升知府即是。文中建文帝的两首诗，特别是前一首，确有一些逊帝口吻，当然也可能是他人伪作。

崆峒岩记

〔清〕陈翊熹

【关于作者】

陈翊熹，本姓孙，名一作翌熹，字尔晦，清代横州（今广西南宁市横州市）人。康熙五十二年（1713）举人，主讲槎江书院。

【原文】

长夏亢暵，酷暑困人，思一清凉不可得。乃偕同志数人，觅小舟顺流东下，至崆峒岩。舍舟登岸，拾级而上，探幽历险，遍览诸胜。真觉一步一洞天，一转一灵境。嵌空玲珑，变幻万状。虽鬼斧神工，恐不能开辟至此也。游览毕，转至文武二帝祠，席地稍憩。

适友人某从村中来，谓予曰："此祠甫经落成，而诸君适至，可谓天幸矣。盍为我记之？"予既愧无古人之才，不能出一言以纪其胜；而又甚惜前殿壁其两旁而覆其上，殊失天然之致。独幸此祠正当山腰爽豁之处，俯仰览眺，群山之苍翠，郁水之潆纡，皆在衽席之下。其亦庶乎不负诸山之胜，而足以妥二帝之灵矣。因不辞而为之记。

抑予于是重有感焉。凡天地之间，名山胜迹，其所以擅奇宇内、流传千古者，岂尽天作地生之美哉？盖亦高人逸士，因其自然之势，布景设色，而其奇遂益著。而又地居通都大邑，诗客骚人，多萃于此，登临览胜，即景赋诗，而山川若焕然增色矣。故蜀中山水奇绝，得少陵为之擿幽撷奥，象景传神，使人读之，千载之下，山川历落，犹居然在目。柳子厚迁谪永州，肆情山水，凡一丘一壑，无不冥搜构奇。迄今读其文，辄作纸上游观想。盖

横州志書 卷十二 四

崆峒巖記 陳翊熹

長夏亢嘆酷暑困人思一清凉不可得乃偕同志數人覓小舟順流東下至崆峒巖舍舟登岸拾級而上探幽歷險偏覽諸勝眞覺一步一洞天一轉一靈境嵌空玲瓏變幻萬狀雖鬼斧神工恐不能開闢至此也遊覽畢轉至文武二帝祠席地稍憩適友人某從村中來謂予曰此祠甫經落成而諸君適至可謂天幸矣盍爲我記之予旣愧無古人之才不能出一言以紀其勝而又甚惜前殿壁其兩旁而覆其上殊失天然之致獨幸此祠正當山

《横州志·崆峒岩记》书影

自古以来，山川有变更，人事有代谢，惟诗文常留天地之间，不可磨灭，故山水亦藉之以传也。向使少陵、子厚之诗文不作，则楚蜀之山水，其湮没也久矣。嗟夫！世之佳山水，不遇少陵、子厚，其湮没亦何可胜道哉？即如兹山，空灵奇幻甲天下，视吴门之虎丘、武林之孤山、天竺，殆有过之无不及也；乃不幸而生于荒徼寂寞之乡，点缀布置，不能为兹山增胜，而适足为累。且其地僻远，诗客骚人足迹之所不至。世即有如少陵、子厚二公之才者，亦何从邀其一盼哉？是以块然独抱其奇，终无人焉一发其挺特奇崛之概，而徒以供山僧俗子之留连，樵夫牧竖之憩息。呜呼！其亦深足慨矣！

然则，士不幸而不生于邹鲁吴越之邦，而僻处天末，纵负魁然杰出之才，不遇奖借后进如郭林宗、李元礼诸公，亦乌能功烈显于当时、声誉流于身后哉？然其奇杰之气，不与草木鸟兽同归澌尽灭没者，则固有在矣。余固因兹山而类及之。嗟夫！世安得如少陵、子厚者，一至其地，播之咏歌，传之天下后世，使山灵为之吐气哉！

【译文】

漫长的夏天闷气熏蒸，极其炎热的天气令人困顿，想要得到一丝清凉都难以找到。我就和几位想法相同的朋友，找了一只小船顺着河流往东走，来到横州的崆峒岩。我们离开小船上岸，沿着石阶上山，经过那些险阻之处探寻幽静的景致，看遍了山岩各处景点。真感到似乎是走一步见到一个神仙洞府，转一个弯又是一处灵山境界。山岩就如镂空嵌成，生出各种奇怪形状。即使是鬼神亲自制作，恐怕也不能够开凿成这样美丽的景致。游览完毕，我们转到文帝祠和武帝祠，坐在草地上稍作休息。

此时碰上有一位朋友从附近村庄过来，对我说："这两座祠堂刚刚建成完工，各位先生刚好来到这里，这真是万幸了。您何不给我写一篇记文？"我既惭愧于自己没有古人的文才，写不出一句精美的言语来记叙这里的胜景；可是又颇为可惜先前的佛殿两边都是石壁而且还把佛殿顶部给盖住，很是失去了天然的景致。庆幸的是这两座祠庙正好坐落在山腰开阔爽朗的地方，无论俯视仰观还是远眺都十分便利，视野中苍翠的群山，弯曲奔流的郁江，都好像就在床边一样亲近。这样的地方大概可以不辜负众山的胜景，也足以安置两位古帝王的魂灵了。所以我不推辞为朋友写了这篇文字。

我这时就有了深深的感触了。举凡天地之间，那些名山胜景，它们之所以能够以奇景扬名天下、千古流传，难道是因为它们真的全部都是一副天地生就的美丽面孔？大概也得力于那些高人隐士吧。这些人顺应自然生成的景色，创作诗文加以夸张渲染，这样那些景物的美名就更加响亮了。再加上那些山水往往位于交通便利的大都市，诗人文士，大多集中在这些地方。他们登山临水观赏胜景，往往写诗作文加以赞誉，这样就使得山水景致更是增加亮色传闻久远了。因此四川山水固然奇丽，而得到杜甫作诗铺张其幽胜摘取其奥妙，描摹形貌传递精神，令人读了那些诗篇，即使是千年之后，诗中所写的形态不凡的山水，就如呈现在眼前

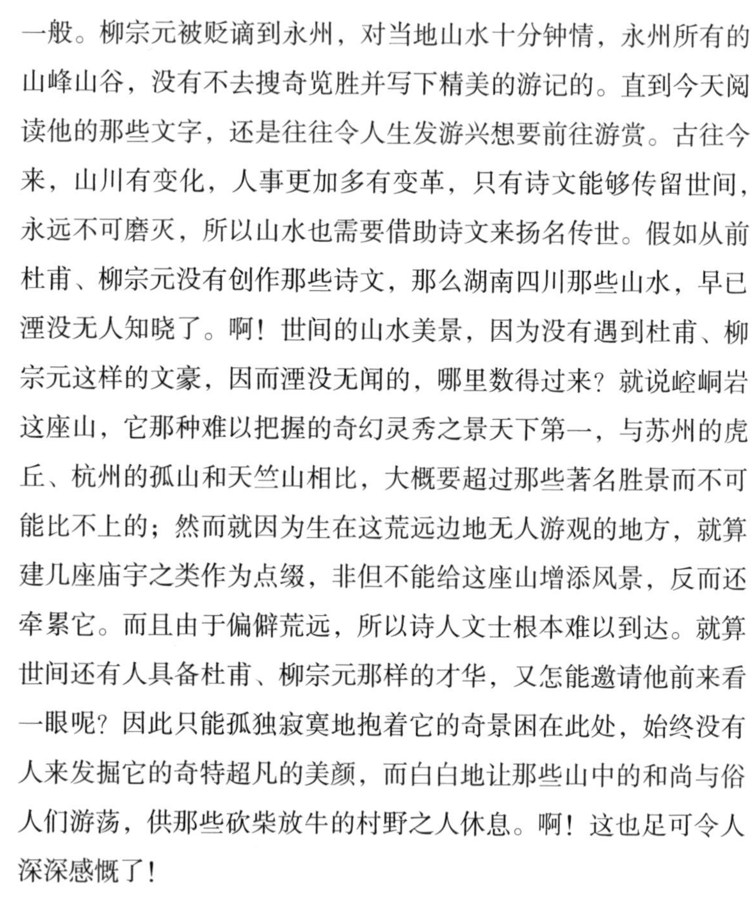

一般。柳宗元被贬谪到永州，对当地山水十分钟情，永州所有的山峰山谷，没有不去搜奇览胜并写下精美的游记的。直到今天阅读他的那些文字，还是往往令人生发游兴想要前往游赏。古往今来，山川有变化，人事更加多有变革，只有诗文能够传留世间，永远不可磨灭，所以山水也需要借助诗文来扬名传世。假如从前杜甫、柳宗元没有创作那些诗文，那么湖南四川那些山水，早已湮没无人知晓了。啊！世间的山水美景，因为没有遇到杜甫、柳宗元这样的文豪，因而湮没无闻的，哪里数得过来？就说崆峒岩这座山，它那种难以把握的奇幻灵秀之景天下第一，与苏州的虎丘、杭州的孤山和天竺山相比，大概要超过那些著名胜景而不可能比不上的；然而就因为生在这荒远边地无人游观的地方，就算建几座庙宇之类作为点缀，非但不能给这座山增添风景，反而还牵累它。而且由于偏僻荒远，所以诗人文士根本难以到达。就算世间还有人具备杜甫、柳宗元那样的才华，又怎能邀请他前来看一眼呢？因此只能孤独寂寞地抱着它的奇景困在此处，始终没有人来发掘它的奇特超凡的美颜，而白白地让那些山中的和尚与俗人们游荡，供那些砍柴放牛的村野之人休息。啊！这也足可令人深深感慨了！

既然如此，那么士人如果没有运气出生在孔子孟子的家乡和江南富庶发达地区，而是生在荒远偏僻的边疆，即使有着超越众人的杰出才能，如果不能遇到像郭泰、李膺这样的愿意提携后辈的先生们，又怎能生前建树显赫功业、死后留名千古呢？这样说来，那些扬名世间的杰出人士，他们之所以没有同草木鸟兽一般默默无闻地消失，应该是因为有着某种际遇了。我固然是因为说到这座山而连带说到他们。唉！今天的世上怎能再遇上杜甫、柳宗元那样的文豪，来到这些身处僻远的奇景之处游历，写成诗词，传遍天下后世，让山神都能因此而扬眉吐气啊！

【本文点评】

题目虽是“峜峒岩记”，但于峜峒岩本身着墨不多，而重在由此引发的感慨。作者认为，天下那些名山胜迹，并不一定全都有“天作地生之美”，很大程度上乃是著名文人的诗文给哄抬出来的。他更进一步引申推论说，人才亦是如此，若不遇时机或被名人抬举，才华再高也往往沦落草野郁郁而终。这一说法虽有一些夫子自道的牢骚，但无疑近乎真理。

绿珠井记

〔清〕李龙騆

【关于作者】

李龙騆，名一作龙周，字圣文，号学山，清代广西博白县人，康熙五十六年（1717）举人，官兴安县教谕等。

【原文】

“绿”者何？间色也。曷为氏？绿萝山也。氏以地，不忘白也，其义则兼乎色矣。“珠”者何？记聘也。闻之俪皮，古也，未闻以珠聘也。志曰以珠三斗易之，是货之也。焉有娶妇而可以货取乎？孰取之？石氏崇也。其不以所娶氏奈何？姬也。姬则何为传也？能赋诗矣，且知节矣。是士女也，钟山川之秀也。《易》以水风，为井之养不穷，斯其灵矣。曷为使其不得以妻道从人也？彼父母者，独何心哉！其父母谁？梁氏也。其不原以父奈何？君子以为绝之也。梁失爱子之道矣！曷为失？为货也。为货而轻女，使其不获以德配，而只以色著也。夫色则何可著也？乡人耻之。耻之诚是也，独奈何疑为井养之也？从而掩之，井渫不食，我心能不恻哉？虽然，不食何病？不食，然后天下后世知有井也。幸也绿珠之死也，明己节，白井冤也。夫然后绿珠果为井之绿珠也，井亦独为绿珠井也，共千古焉而已矣！

【译文】

绿珠的“绿”是什么？是一种由黄蓝两种颜色调配而成的颜色。为什么绿珠要用它作为名氏？因为绿珠的出生地有一座绿萝山。以家乡地标作为名氏，是为了不忘记白州故乡，但这个字的含义当然兼有颜色的意义。绿珠的“珠”是什么？是用以记下石崇聘娶她时所用珍珠之事。我听说古代用两张鹿皮充当聘礼，从未听说过用珍珠作为聘礼。方志上说石崇用三斗珍珠交换绿珠，这就明显是买她了。哪有娶妻可以用买卖的方式？谁用这样的方式得到绿珠？是石崇。为什么不用娶她的人的姓氏加在绿珠名字之前称她“石绿珠”？因为绿珠不是妻而是妾。一个妾为什么得以千古留名？因为她有诗才，而且还知道守节。这就等于是缙绅人家的女子了，她凝聚了家乡山川的灵秀之气。《易经》上以坎卦代表水，以巽卦代表风，认为水井可以无穷无尽地供养人们，这是水井的灵气所在。为什么要迫使绿珠不能够以妻子身份嫁人？她的父母，长了一副什么心肠啊！她的父母是谁？是姓梁的人。这里为什么不先介绍绿珠的父亲？因为君子们都认为她的父母已经与她断绝了亲情关系。梁家丧失了爱护子女的正道！为什么说他们丧失爱子之道？因为他们贪财。重视钱财而轻视女儿，让女儿不能够成为别人的正妻，而仅仅以美色著称。美色有什么值得称道呢？所以乡亲们以此为耻。以此为耻固然是对的，但为什么要怀疑绿珠的美色是村里的水井养出来的？又因此而把那口水井填埋，即使后来再次挖开疏通后也还是不喝那井水，我心中能不对绿珠感到同情吗？虽然如此，不喝那井水有什么问题？不

喝绿珠井的水，然后天下后世的人都知道绿珠井的存在了。幸亏绿珠用她的死，表明了自己的节烈，也为水井平反鸣冤了。这之后绿珠就真正成为绿珠井的绿珠了，绿珠井也成为绿珠独有的井了，二者合为一体，千古不朽了！

【本文点评】

出生于晋代交州合浦郡绿萝村（在今广西博白）的绿珠是中国古代几位最著名的美女中，身世最为悲惨、也最为令人同情的一位：先被父母当作商品卖给石崇，后又在荒淫官僚们的血腥争斗中被迫跳楼身亡。本文作者以绿珠乡人身份，为绿珠张目，既谴责了绿珠父母的贪婪，对绿珠寄予深深同情，又澄清了有关绿珠井的不实之词。

以自问自答形式组织文字，有如抽丝剥笋，层次递进，是此文明显的结构特点。

姚中允覆车记

〔清〕谢济世

【关于作者】

谢济世（1689—1756），字石霁，号梅庄，清代全州人。康熙五十一年（1712）进士，选翰林院庶吉士，历官翰林院检讨、都察院浙江道御史、江南道御史，外放湖南粮储道道员、驿盐长宝道道员等。著有《古本大学注》《中庸大义疏》《论孟笺》《易在》《西北域记》《梅庄文集》等，多佚。后人将存者整理成《谢梅庄先生遗集》《梅庄杂著》。

【原文】

由锅耳至特里，重山复岭，路甚崎岖。是日，中允车在前，主人正襟危坐，仆夫扶辕缓行。行数十里，路始平，仆回顾主曰："而今而后，吾知免夫！"

于是，仆夫升车而坐，主人凭轼而观。行数里，主人拥鼻微吟，仆夫执绥鼾睡。鼾声、吟声、轣辘声相间也，相续也。已而，左枯根，右巨石，车仄以翻，马卧且踢，主人猬缩于箱中，仆夫鹄立于辕外。众至，解靷断鞅，出马于辕，乃出主人于箱。

仆夫曰："异哉！不覆于高冈而覆于平地也。"主人曰："宜哉！高冈防其覆，是以免于覆；平地自以为必不覆，安得而不覆也！"

谢子闻之，曰："善哉言乎！独车也乎哉？"

【译文】

从锅耳前往特里，沿途一座座山一道道岭，道路十分险峻难行。这一天，姚中允的车走在前面，主人在车上挺直腰板坐着，仆人在车下扶着车辕小心地慢慢走着。走了几十里后，路开始平坦了，仆人回头对主人说："从现在起，我知道已经免除翻车的危险了！"

于是，仆人也爬上车来坐着，主人则伏在车厢前部的横木上观看风景。又走了几里地，主人用带有鼻音的声调轻轻地吟诗，仆人拿着缰绳睡着了。仆人的打鼾声、主人的吟诗声、车轮碾过路面的声音此起彼伏，连续不断。一会儿，突然左边路面上出现了大树干枯的根，右边路面上则出现了一块大石头，车猛然间歪斜并翻倒，拉车的马倒在地上不断踢腿，主人像刺猬一样蜷缩在车厢中，仆人像天鹅一样伸着脖子站在车辕外边。众人赶过来，将车辕上拉车的皮带和套在马肚子上的皮带都割断，把马从车辕中拉出来，然后才把主人从车厢里扶出来。

仆人说："真奇怪啊！在高山上不翻车反而在平地上翻车。"主人说："也应该是这样啊！在高山上时时刻刻小心防范怕翻车，所以没有翻车；在平地上自己认为不可能翻车而放松警惕，这样怎能不翻车呢！"

谢先生听说了这件事，说："中允先生这话说得好啊！难道这话只适用于赶车吗？"

谢济世画像

【本文点评】

文中的姚中允（中允是官名）是虚构人物还是真实人物，并不重要，因为他只是个由头，作者不过是要借仆人驾车之事引出他的评论:“高冈防其覆，是以免于覆；平地自以为必不覆，安得而不覆也！”而这也就是作者要表达的观点——当然，正如作者所指出的，这个覆车教训并非仅仅适用于驾车，更重要的是由此体会出来的人生哲理。

以故事寓哲理，文字极精练，是此篇短文亮点。

寄常青岳书（乙丑）

〔清〕陈宏谋

【关于作者】

陈宏谋（1696—1771），本名弘谋，乾隆初因避乾隆帝弘历讳而改名宏谋，字汝咨，号榕门，清代广西临桂县（今广西桂林市临桂区）人。肄业于桂林华掌书院，雍正元年（1723）解元，同年进士。乾隆间名臣，历任甘肃、江西、陕西、湖北、河南、福建、湖南、江苏等省巡抚，入朝历官吏部尚书、东阁大学士兼工部尚书、太子太保、太子太傅等。卒谥文恭。有《培远堂全集》《五种遗规》《四书考辑要》等多种著作。

【原文】

竹邑介在万山，地阔人稀，清寂之况，可以想见。然朝廷之设此官，以为民也。吾辈之有事于此官，亦为可以及民也。就所管之地土人民，为之整顿经理，行其有利于民者，去其有害于民者。况地僻事少，则案牍应酬，可以不致纷扰；土广民贫，则休养化诲，可以有所措手。捐官场无益之俗套与纷烦之俗念，专一勤恳，为此地图永久之利济。就目下而论，清苦寂寞中，有许多滋味，有许多乐趣，而人不知。异日事有就绪，遗惠在人，更觉不虚此行，不负此官，所得多矣。历考前辈名臣，盛名伟

所示條議俱關地方要務吾輩孜孜講求惟期有裨民
物可行則行不能行則言之吾盡吾心耳切不必以越
俎爲嫌且安知上臺之不聞而見信即不遽信而逆料
其不信而不言亦非推誠事上之道近有一聯云爲之
在我當如是樂夫天命復奚疑每日玩味不覺前後之
槩均可聽之惟求在己無愧於心耳
寄常　青岳書　乙丑
竹邑介在萬山地闊人稀清寂之況可以想見然
朝廷之設此官以爲民也吾輩之有事於此官亦爲可
以及民也就所管之地土人民爲之整頓經理行其有
利於民者去其有害於民者況地僻事少則案牘應酬

《培远堂手札节存·寄常青岳书（乙丑）》书影

望，率多起于清苦艰难、人所畏避不居之地。其事业实始基于此，而得力亦在于此。犹之登程者，志在千里万里，不必一出门便有好路，偶有崎岖，便以为苦难，而裹足不前，皆非有千里万里之程者也。

【译文】

竹山县处在万山之间，地广人稀，在那里做官的清苦寂寞境况，是可以想见的。然而朝廷设置这一官职，是为了民众。

我们有机会担任这一官职，也可以借此惠及民众。针对自己所管辖的土地和人民，为他们整顿相关法令并筹措经营生产生活之事，推行对百姓有利的措施，除掉对他们有害的条例。何况那里地方偏僻、政事稀少，公文处理和人事应酬等方面，就不至于过分烦扰；土地宽广而人民贫困，那么采取措施恢复经济、实施教化措施教育人民，也容易找到着手之处。抛弃官场中那些没有用处的庸俗套路和各种烦人的杂念，专心致志，勤勤恳恳，为这个地方谋划长久的利益。就目前而言，在生活清苦、精神寂寞的环境中，也有着有许多滋味和许多乐趣，别人不见得知道。将来自己所办的事业有了好结果，给百姓留下实惠，那就更加觉得不枉来此一回，没辜负做这个官，自己所得到的就很多了。考察历朝历代的前辈名臣，他们拥有盛大名声和崇高威望，一般最初都是从那些生活清苦、办事艰难、人们畏避不愿前往的地方开始干的，他们的一生事业其实就是在这样的地方打下基础，而且也往往从这些地方得到帮助。比如行远路的人，志向是要走千里万里的路程，这就不能要求一路上全是好走的路，如果偶然碰上崎岖难行之处，就认为太苦太难，因而停止不前，这种人都不是能有远大前程的人。

【本文点评】

陈宏谋一生仕宦，官至一品。而且所到之处，颇得好评。对于做官，自然深有体会，曾撰写《在官法戒录》《从政》《学仕》等著作予以论述。忠君爱民，是他为官的信条。此文是他给一位在职知县常青岳的信，古代知县乃是一县“父母”，其为人、作为直接关系到一县百姓祸福。作者劝诫对方，在职就要做事，做事就要做对百姓有利的事，这也是自己前程的根基。娓娓道来，谆谆告诫，不作空论。

常青岳，字未山，清代直隶交河人。雍正元年举人，官湖北竹山县知县、江西南康府同知等。著有《晚菘堂集》。

大容山记

〔清〕凌椿

【关于作者】

凌椿，清代广西北流县（今广西玉林市北流市）人。乾隆三年（1738）举人，历官四川安县知县、四川剑州知州等。

【原文】

余少时从先大父读书此山中，见夫层峦耸翠，上出重霄，连峰数千，绵亘百里。极宇宙之奇观，通古今之变幻。窃谓“崧高惟岳，峻极于天”，不过是也。第瞻其概而未悉其详。

大父谓予曰：“此大容山，为北邑诸山之祖。其迹由安南而钦州，历横之东山，兴之魁山，逶迤蜿蜒，起伏奔腾，始入吾境，顿成大山。望君朝拜诸峰，高插云表，襟带江河。其夹从而辅弼者，若绿蓝，若乌巢，若凤凰，若白水，罗列排空，指不胜屈。而越龙门之陡口，由金枝句漏，直走六离，水流转北，以为吾邑障。此容山之真面，北邑之巨镇也。虽其崇墉寥廓，远罩多方，如浔州、郁林、平南、容邑诸郡县，望之巍然，要亦见其偏而不见其全，居其隅而非居其正耳。夫山号大容，以其广大而有容也。不独出云降雨，造化神灵，而草木生，禽兽居，梗楠杞梓呈其材，熊罴虎豹显其异。怪怪奇奇，无所不备。他若春花明媚，夏木浓阴。霜露降而秋清，雪花飞而冬肃。读书者爱其清幽，耕桑者喜其沃润。采于山肩相摩也，钓于水踵相接也。百产之生，四时之景，人民之乐，实于此山有大观焉。”余心焉志之。

比长而仕蜀，簿书鞅掌之余，而山水之趣，未尝忘也。岁在戊辰，余乞假归。问视之暇，与客复游此山之麓，升高望远，凭吊古今。窃叹自宋以来，若冼、坦、陈、庞先哲辈，或为名臣，或为义士，争光日月，长与此山不朽也。今日太和翔洽，其钟灵毓秀，当无殊于曩昔者。则扶舆磅礴之气，久而必宣。诗曰：“惟岳降神，生甫及申。”是有祝于山灵也，故不可以不记。

【译文】

我少年时跟随祖父在这座山中读书，见到重重青翠山峰高高耸立，往上直插云霄，相互连接的山头数以千计，横亘连绵几百里。这真是宇宙中首屈一指的奇妙景观，可以贯通古往今来的万物变幻。我私下觉得《诗经》中赞美的“若论高山只有嵩山第一，它的高峻直达天际”，也不会超过这座山。不过我能看到的也只是山的概貌而不了解它的详细情况。

祖父对我说：“这就是大容山，是北流县所有各山的始祖。它的踪迹从安南开始来到钦州，越过横州的东山、兴业的魁山，弯弯曲曲绵延不绝，时起时伏奔腾前进，然后进入我县境内，立即成为巨大山脉。在它周围如同臣民朝拜君王一样的各座山峰，也是高入云端，江河环绕。还有那些为它作羽翼作辅佐的山，像绿蓝山，像乌巢山，像凤凰山，像白水山，在空中排列，数不胜数。

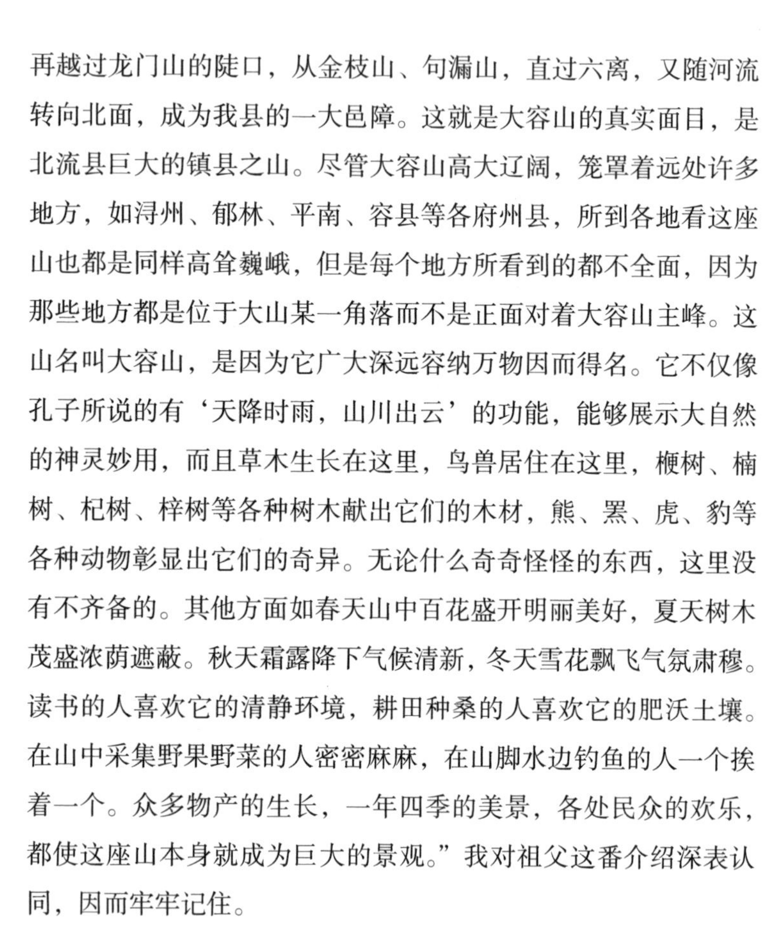

再越过龙门山的陡口，从金枝山、句漏山，直过六离，又随河流转向北面，成为我县的一大邑障。这就是大容山的真实面目，是北流县巨大的镇县之山。尽管大容山高大辽阔，笼罩着远处许多地方，如浔州、郁林、平南、容县等各府州县，所到各地看这座山也都是同样高耸巍峨，但是每个地方所看到的都不全面，因为那些地方都是位于大山某一角落而不是正面对着大容山主峰。这山名叫大容山，是因为它广大深远容纳万物因而得名。它不仅像孔子所说的有‘天降时雨，山川出云’的功能，能够展示大自然的神灵妙用，而且草木生长在这里，鸟兽居住在这里，楩树、楠树、杞树、梓树等各种树木献出它们的木材，熊、罴、虎、豹等各种动物彰显出它们的奇异。无论什么奇奇怪怪的东西，这里没有不齐备的。其他方面如春天山中百花盛开明丽美好，夏天树木茂盛浓荫遮蔽。秋天霜露降下气候清新，冬天雪花飘飞气氛肃穆。读书的人喜欢它的清静环境，耕田种桑的人喜欢它的肥沃土壤。在山中采集野果野菜的人密密麻麻，在山脚水边钓鱼的人一个挨着一个。众多物产的生长，一年四季的美景，各处民众的欢乐，都使这座山本身就成为巨大的景观。”我对祖父这番介绍深表认同，因而牢牢记住。

等到我长大成人在四川做官，在处理繁忙公务的空闲时间里，对游山玩水的乐趣，也从未忘记。乾隆十三年，我请假回北流老家。在探亲访友的余下时间，和朋友一起再次来到大容山山脚游览，爬上高处眺望远方，怀念古往今来与此山有关的人与事。私下感叹从宋朝以来，像冼积中、坦中庸、陈文明、庞孝泰等古代贤人哲人，有的成为名臣，有的成为义士，他们的事迹可与日月争光，将永远伴随这座山万古不朽。当今正逢太平盛世，社会祥和融洽，大容山的凝聚天地灵气孕育人物，应该与从前没有两样。那么它所孕育扶持的宏大正气，时间长了一定会宣泄出来。《诗经》说："巍巍高山降下神仙，人间诞生了贤人甫侯与申伯。"这是对山神帮助降生贤人的祷告，所以我不能够不写这篇文章。

【本文点评】

广西容县的得名，与其境内的大容山有关，旧时所谓"容县八景"中，有一些就属于大容山。但山本身的得名则是以其"广大而有容"。大容山所涉除容县外，还跨越北流、桂平、玉林等地。本文作者凌楂是北流人，他也是将大容山作为北流胜景来记叙的，而且认为他家乡的大容山才是正宗的大容山。本文以转述祖父对大容山的评价描述落笔，文字灵动。

师说（其四）

〔清〕俞廷举

【关于作者】

俞廷举，字介夫，号石村，清代广西全州人。乾隆三十三年（1768）举人，官于四川，历任营山县知县、定水县知县等。著有《一园文集》等，参与修纂《四川通志》。

【原文】

师不难，而名师难；名师不难，而择名师为难。故有孔子而后有七十二贤；有二程而后有三十高弟；有胡安定设教苏、湖与太学，而后弟子散在四方，随其人贤愚，皆循循雅饬，其言谈举止，遇之不问而知为先生弟子；有朱、吕讲学于丽泽书院，而后金华诸贤后先相继，迭出不已。名师之于人大矣！

若今士子，不讲圣贤仁义道德为己之学，专讲举业虚文浮词，是为人之事也。其师大抵有文者多，有仁者少。择之者，虽以学问为重，而人品则断不可轻。盖师无人品，其何以为多士楷模？又何以实心教人孝弟、忠信者哉？此体之不可无，一也。师无学问，其何以传道解惑？又何以为多见多闻之助也哉？此用之不可无，二也。二者备，师道得矣。

然师求称职，则又以勤而严者为第一。勤则无倦，严则认真；

俞廷举画像

有工有课，不假不欺。始终如一，何患不成？此非优于行者不能。此择名师者又当以有行，而勤严者为更全也。

是以名师不必执经门下始能获益，即一旦会晤，片言数语，指点大凡，谓某经史子集、某诗古文词，瑜瑕轩轾，可读与否。一经点醒，受益无穷，况终身从游者乎？此所谓“得诀归来好读书”是也，快何如之！

然而今天下品学兼优、勤严备至者，固难其人；而从师者又不知择，纵有其人，或畏其名高而不敢近，或惮其地远而不肯从，或吝小费而不知重聘。见小欲速，甘为庸恶陋劣、不学无术之辈，宁不大可悲哉？

然而发蒙启聩虽关乎师，专心致志则在乎己。凡天资高者，虽无名师，而勤学好问，孜孜不倦，日与古人为徒，古人之善者即为吾师，不善者即为吾戒，身体力行，有志竟成。是四子、六经、性理、小学、宋儒诸书，即吾师也，何必亲炙其人而后谓之师哉？

孔子曰“三人行必有我师”，孟子曰“豪杰之士，虽无文王犹兴”。又如孔子学琴师襄，访乐苌宏，问官郯子，问礼老聃，随其人之长一艺皆为吾师，而不必有常师，其受益不更多乎！不然有名无实，徒恃乎师，奕秋诲二人奕，何有一之不若哉？

【译文】

找到老师不难，但找到名师就困难；即便找到名师不难，而如何选择名师也是难事。所以，先有孔子，然后才有七十二贤人；先有程颢、程颐，然后才有三十大弟子；先有胡瑗在苏州、湖州和太学开设讲座，然后才有他的弟子分散在四面八方，不论那些人是聪明还是愚蠢，但都是为人规规矩矩、文雅严整，他们的话语与行为，让人碰上不须询问就知道是胡先生的学生；先有朱熹、吕祖谦在丽泽书院讲学，然后才有金华各位贤人相继出现，一个接着一个不停止。名师对人的教育作用太大了！

像今天的读书人，不去讲求古代圣人贤士的仁义道德品行作为自己的学习内容，专门讲求科举事业方面的无用文章浮华文辞，这是为人方面的问题了。他们的老师，一般是有文才的多，有仁义之心的少。选择老师，虽然要重视学问，但是人品方面也是万万不可轻视的。因为若老师没有好的人品，他怎能成为学生们的榜样？又怎能真心实意地教给学生孝顺父母、兄弟和睦、忠于国家、为人诚信这些道理呀？从本质上说这就是不可缺少的，这是一方面。老师若没有学问，他怎能给学生传授知识，解答疑惑？又怎能以他的见多识广来帮助学生们学习？从实用性方面说这也是不可缺少的，这是第二方面。这两者齐备，老师的素质就具备了。

然而若要求老师称职，那就要以既勤奋又严格的老师为首选。勤奋就不会教学懈怠，严格就认真负责；有足够的课程教授和作业安排，不装假也不欺骗学生。从始至终都是这样工作学习，还用得着担心不能成功吗？这样的老师非要行为优异不可。这就是说选择名师还要看他的行为，勤奋严格的老师就更为全面。

所以真正的名师并不一定要拿着经书投到他门下才能受益，即使是仅仅见一面，讲几句话，从纲领上给以指点，说明某种经史子集文献、某种古诗古文古词，它们的长处与不足、哪一种较好哪一种较差，可不可以阅读，等等。经过老师一次指点迷津领悟要点，一生都会永久获得益处，何况那些能够长期跟随老师学习的人呢？这就是人们所说的“得到诀窍回来更利于读书”的写照，能够这样是多么快乐的事情啊！

但是当今天下要找人品学问全都优秀、勤奋严格同时具备的老师，固然不容易找到；而想要跟随老师学习的人又不知道怎样选择老师，即使有那种优秀老师，有的人担心他名气太大而不敢亲近，有的人害怕地点太远而不肯前往，有的人吝惜钱财不愿出高价聘请。只顾小利又总想速成，甘心沦为平庸低下、不学无术

之辈，这难道不是十分可悲的事情吗？

不过，在启发蒙昧、指点迷途这些方面虽然离不开老师，但一心一意致力学习则是学习者自己的事情。那些天生资质很高的人，即使没有名师教导，自己也能够勤奋学习，有疑问就请教，而且持之以恒，从不厌倦，每天都在古书中与古人打交道，古人的任何优点都是我的老师，任何缺陷都是对我的告诫，亲身体会，努力实行，有这样志向的人最终都能成功。这就是说，《论语》《大学》《中庸》《孟子》等“四子书”，《诗》《书》《礼》《易》《乐》《春秋》等“六经”，《性理大全》、小学、宋代大儒的各种著作，这些就是我的老师，为什么一定要亲自听到某人的教诲然后才称他为老师呢？

孔子说“三个人在一起走，其中一定有一个能当我的老师”，孟子说“身为英雄豪杰的人士，即使没有周文王那样的君主，他们也会成功”。又如孔子曾经向师襄学习弹琴，向苌宏学习音乐知识，向郯子请教上古职官之事，向老子请教关于礼仪之事，根据某位人士有某种特长都可以拜他们做老师，不一定要有固定的老师，这样得到的教益不是更多吗！不然的话，只有拜师的名义而没有实际上的认真学习，仅仅仗着自己有名师那是不行的，否则，古代著名的棋王弈秋收了两个徒弟，为什么其中一个就是不行呢？

【本文点评】

韩愈有名篇《师说》，众所周知；俞廷举的《师说》是一组文章，共七篇，从不同角度论老师与弟子及学习之关系，虽模仿韩文名目，但内容观点乃自出机杼。本文是第四篇，从老师、弟子两个角度立论。认为名师需具备四个条件：学问高，人品好，勤奋，严格。而弟子则要善于选择老师，敢于且舍得花费用聘请严师；同时也要善于以古代名贤事迹以及书籍为师。这些看法，在今天仍有一定参考价值。

重修浔州东塔引

〔清〕黄体正

【关于作者】

黄体正（1767—1845），字其直，号云湄，又号江村，清代广西桂平县（今广西贵港市桂平市）人。嘉庆三年（1798）解元，五次赴进士试均未中，大挑二等，官迁江县训导、西隆州学正、桂林府训导等，历教全州、桂林、西隆州和桂平各书院。道光十一年（1831）升国子监典籍，不赴。著有《带江园诗草》《带江园小简》《带江园时文》《带江园杂著》等。

【原文】

浔郡后枕思灵山，秀气特异。其黔郁会流之处，前人建浮图九级，以障下游。塔影山光，遥遥相接，为一郡伟观。二百年来，雷霆之震撼，风雨所漂摇，一塔岿然。而其巅已秃，识者谓：塔之无顶，犹锥之无颖，处囊而无以自见。此风气所由衰也，宜集阖郡之力以图之。或曰：否否！豪杰之兴也，不限于方隅，不拘乎气数。人苟克自振拔，卓然表异，以为乡里光，是即栋梁柱石之选也，而奚以塔为？

虽然，正自有说。夫人僻处里闬，耳目所未达，心思所未周，执其陈见而慷慨自豪，辄谓何地无材，人杰者地自灵耳。及与之览舆图之胜概，穷宇宙之大观，始知哲人挺生之域，必有江河山岳，以舒其浩瀚而辟其雄奇。诗曰："维岳降神，生甫及申。"钟毓信非偶然也。独是天下之大，区域攸分，造物岂能尽呈其巧？是故天之所缺，而人事兴焉。人之所补，而天事应焉。数有可必，理有可通。类而推之，复何疑于斯塔？不然，刘李葛杨诸公当年之营建者，何意顾令其毁败而不为之所？岂果昔人愚而今人智哉！

夫世不乏特立独行之士，其沦落于荒墟遗壤，莫有从而彰显之者，类如斯也。转移风气，将以兹塔为甄表焉。如其不求于人，而惟汲汲于一塔之顶，是不揣其端而齐其末，抑陋矣！

【译文】

浔州府治所后面靠着思灵山，特别灵秀奇异。山下黔江与郁江交汇之处，有前人所建的九层宝塔，建塔的目的是镇守此地以保卫下游民众安全。宝塔的倒影与青山的风景，远远地相互呼应，成为浔州全府最壮伟的景观。两百年来，经历了雷霆的轰撞震撼，狂风暴雨的摧残打击，宝塔毫不动摇。不过塔的尖顶已经变秃，有见识的人认为："塔没有尖顶，就像锥子没有尖利的末端，放在口袋里也无法露出来。这是由于风气衰败所导致，应该聚集全浔州府的力量来补救这一缺陷。"也有人说："不对不对！英雄豪杰的兴起，并不局限于某一个地区，也不会被地气运数所束缚。无论何人只要能够自我奋发振起，表现出超越常人的特异之处，成为故乡的光荣，这就是栋梁人材国家柱石的人选了，与塔有什么

关系呢？”

话虽如此，但这里面还是有道理可说。一个人生长在偏僻的乡村里，见闻不广，思想观念也不成熟，固执地凭着自己那点陈旧的见识而自我感觉良好，动不动就说哪个地方没有人才？只要有杰出人才，他所在的地方山水自有灵气生出。等到让他看到国家版图上的无数山水胜景，了解天地宇宙的无穷无尽，他才会知道伟人诞生的地域，一定有大江大河、高山峻岭，用以开拓博大

桂平东塔

精深的胸怀和开阔雄伟奇丽的眼界。《诗经》说："巍峨的山岳降下神灵，人间就诞生了甫侯和申伯。"美好的风土诞育出优秀的人物，这确实不是偶然的事情。不过天下这么大，分成如此众多的不同区域，造就万物的天帝哪里能够在每个地方全部能施展他的这种能力？所以上天也是有缺陷的，这就需要用人的努力来弥补。人的努力弥补，同样会得到上天的回应。命运有注定不可更改之处，人与物之间也存在可以相通的道理。以此类推，对东塔塔尖的损毁何必心有疑问？如果不是这样，那么当年陆续主持建造修缮这座宝塔的刘、李、葛、杨诸位先生，为什么看着塔尖损毁而不作处理？难道真的是先前的人愚笨而今天的人聪明吗？

世间并不缺少才能出众、品性高洁的人士，其中一些埋没在偏僻的穷乡荒野之中，没有人来拔举彰显他们，这种情况不少。所以要转变社会风气培养人才，可以用这座宝塔作为一种表征。如果不从人才培育方面努力，却仅仅操心于一个塔尖的损毁，这是舍弃根本而注重细末，太浅陋了！

【本文点评】

明清广西浔州府的治所在本文作者的家乡桂平县（今广西贵港市桂平市），东塔是这里的地标性建筑，建于明代，至今仍存。在清代，塔尖损坏，乡人认为这对家乡人文盛衰有影响，打算集资修整。作者由此作文发其感慨，认为所谓人杰地灵，山川风物固然也重要，但更重要的是人事。人若不努力，却寄望于一塔，那就是舍本逐末。本文论理通透。

附舟者说

〔清〕吕璜

【关于作者】

吕璜（1777—1838），字礼北，号月沧，晚号南国老民，清代广西永福县人，后居临桂。嘉庆六年（1801）举人，嘉庆十六年（1811）进士，分发浙江，历任庆元、奉化、钱塘等县知县以及杭州海防同知。归乡主讲榕湖、秀峰两书院。为粤西桐城派之老前辈，岭西五大古文家之一。著有《月沧文集》《初月楼古文绪论》等。

【原文】

由龙泉之处州，两山之间，有川焉。水激而驶，不宜巨舟楫。利涉之轻舠曰梭，稍大者曰杉板，皆止容六七人。

甲戌春，余方宰庆元，以吏事趋郡。出龙泉，从者舣杉版以待。余甫登，有二客随余后将亦登，从者诃之。二客有难色，不欲去。舟子为之请曰："此小人葭莩戚，将反其家，附六七十里从陆矣。"余虽隐忍弗之禁，然意中不无介介，谓此邦人视长吏往来仅如过客，其平昔之事长上为何如？且余方手一编，令逼处左右，语言面目殊可厌也。

已放舟三四里，下浅濑，舟泥不得前。舟子反复推挽，卒不动。附舟者攘臂抵掌，解其襦，入水掀舟以出。无何，狂风迎面起，吹余舟侧行。附舟者一人前持篙，一人后持桨，许许作力，风若为之靡。舟行快利，如骏马驾轻车驰广陌，盖瞬息数十里，二客之力为多焉。

明日，二客去。而水骤涨，浪涌如牛，舟人有惧色。从者立而左右望，若将冀有人附舟以相助也者。余笑谓之曰："容人者公也，藉人者私也。不必容而容，不必藉而藉者，偶也。任私而灭公，狃偶以为常，必有非所藉而藉者。我藉人，人亦藉我。得所藉则欣欣而合，失所藉则落落而疏，悁悁而忿。其黠者，或且伺吾之意在藉，而为欲取姑与之术以尝我。盖舟中为敌国，古志之矣。始余不知二客之可藉也，贸贸而容之；二客亦知余之无意于藉也。偶有可藉，贸贸致其力，而非必以报余。是皆自率其天焉。参以人则天机浅，而良心机事由是作。且而之欲更有藉也，为速达也；苟达矣，虽不速庸何伤？"

从者聆余言，爽然如有所寤，语舟子维舟。越一日，涨落而达处。

【译文】

从龙泉前往处州，两山之间，有一条河，水流湍急而飞驰，不适宜使用大型船只。最为便利的一种小船叫作"梭"，比梭稍大一点的船叫"杉板"，两者都只能容纳六七个人。

嘉庆十九年春天，我正担任庆元县知县，有一次因为公务要前往处州府治。出了龙泉县城，随从人员已经准备好杉板在等我。

我刚刚登上小船，有两个客人跟在我后面也想要上船，我的随从喝骂制止他们。两个客人脸上露出为难的神色，不想离开。船夫为他们求情说："这是小人的远房亲戚，将要回他们的家乡，搭便船六七十里就上岸去了。"我虽然忍耐着没有禁止他们上船，但心中也还是有点恼火，认为这个地方的人看待来往的长官仅仅如同过路的人，那么他们平常对待长官该是怎样呀？而且我在船上要拿着书阅读，让这些人靠近身边，他们的语言和面孔都很令人厌恶。

开船三四里后，来到一个浅滩，船陷入河底泥中不能前进。船夫反复用力推拉，还是不动。这时搭便船的人挽起袖子搓着手掌，脱下他们的衣裳，跳入水中将船推出来。没多久，迎面吹起一股狂风，把我的船吹得横着走。搭便船的人一个在船头拿着竹篙，一个在船尾拿着木桨，喊着号子同时用力划船，狂风好像被他们给压制住了。船飞快地走着，如同骏马拉着轻便车在大平原上奔跑，简直是眨眼就跑了几十里，主要就是两位客人出力最多。

第二天，两位客人离开了。而河水突然暴涨，涌起的大浪像一头头牛在奔腾，船夫露出害怕的脸色。我的随从站着四处张望，好像是希望有人前来搭便船好得到帮助的样子。我笑着对他们说："容纳他人是一种公心，借助他人之力是一种私心。并非必须容纳而容纳，并非必须借助而借助，这是偶然发生的事情。放任私心而灭掉公心，将偶然之事视为常态，那就一定会出现借助于不应该借助之人的事情。我借助于他人，他人也借助于我。得到想要借助的就高兴地亲近对方，失去想要借助的就感到失落而疏远对方，甚至耿耿于怀怨恨愤怒。那些狡猾的人，可能还会因为推测到我们有意借助于他，因而设计一些想要谋取利益的计划让我们上当。船上的人往往彼此视为敌人，古书上就已经有这样的话了。开始时我并不知道那两位客人有可以借助之处，随随便便就容纳了他们；两位客人也知道我没有心机要借助他们。偶然出现了可以借助的情况，他们也就随随便便出些力气，也并非一定是想借此报答我。这些事都是很自然地出自天性。用人事作参照，那么天生的本性就会被削弱，于是善良的心或者机巧的事都由此产生。况且你们想要再次借助于他人，动机不过是更快地到达目的地罢了；只要能够到达，即使不快又有什么关系？”

随从听了我的话，显出愉快的样子，好像有所领悟，吩咐船夫停下船来系好。过了一天，水位降低，顺利到达处州。

【本文点评】

作者及其随从，起初十分厌恶揩油搭便船的客人。而到了浪高船险之时，多亏搭客力挽狂澜，转危为安，此时原来的厌恶心理立即转变为庆幸心理。用前后对比，突出心理变化，写出人性弱点，形象而寓深意。

运柩记（乙未道光十五年）

〔清〕苏宗经

【关于作者】

苏宗经（1793—1864），字是程，号文庵，清代广西郁林州（今广西玉林市）人。道光元年（1821）举人，官新宁州训导、平乐县教谕、新宁州学正，升梧州府教授，加国子监丞衔。擅长诗文及史地之学，著作有《广西通志辑要》《酾江诗草》《读史管见》《坊表录》《名臣百咏》《慎动斋文集》等多种。

【原文】

古圣人定五伦之名，朋友居一。其平居酒肉相征逐，朋而非朋、友而非友者，无论矣。即以文章相与，耦俱无猜，而患难之时，或弃而不顾，或淡漠视之，何足以见友道哉！夫朋友之道，原于父子君臣夫妇兄弟所不在之地，而见其真焉者也。

兴安蒋君承庥（原名对扬），乃余辛巳乡试同年友也。向屡会晤，而非至交。道光乙未，余自京旋，遇于山东之东昌府，孑身无伴，约与同行。五月中旬，至樊城，舍车而舟，同伴六人。而蒋君病，体恤求医，诸友无异。越数日，病笃，诸友不知所为，有委余之意。余曰：“朋友之情，不于此时见，于何时而见？孔子云：‘朋友死，无所归，于我殡。’古训具在，岂可忘之？虽舟中与蒋君为同年者，不仅于余，而余于此事，不敢辞，亦不忍辞，且不能辞。诸君何多虑为？”诸友默然。时五月廿三日也，适南风力劲，舟次官庄。是夜，诸友徙席远避，余即移席近之。蒋君尚能言，余问以后事。蒋君嘱余执笔代书，以归遗其亲。书讫，执余手曰:“大数尽矣！将来棺柩，兄其何以处之？”余曰:“观其机势，使力可能为，则送归君家，不敢避难！”蒋君拱手曰:“如此，则九泉之下，必有结草之报矣！”余泪为之潸。稍顷，不能言矣。廿四昧爽，目瞑。余呼诸友醒焉，捡其行箧，得二十六金。用钱十八千，买四开柩一副，煮松脂以弥其内，多用布以裣其尸，即日入柩。杂费之外，尚余六金。此至其家尚三千里，何以归乎？余暗计曰:“同行者有三四舟，多会试友。吾为此事，用虽不足，旁人必有好义者，每人募借钱数千文，岂无所应？勉强而行，免其家后来大费，不亦善乎！”爰决意运归。余之腰缠，尚存十金，先出用之。再借于人，同舟者应违各半。余则借之他舟者。虽属周章，人亦见谅。惟柩在舟中，微有秽气，诸友颇生厌心。而骑虎之势，无如何也。

闰六月初八至全州，先差信访报其家。初十日抵唐家司，二里许即蒋君家也。次日运柩而归，即请余与诸友到家，盛筵相款。其尊翁年已七十矣，哀声动心，不能饱。是日即将途中之债还清，且饶余以钱物。余受一猪蹄，余概辞之。旁观啧啧，以此事为人之所难为，且为人之所不肯为也。

呜呼！天下惟有志焉耳。有志则计虑详，而艰难有所不避，事终底于成。此事亦分所应为者。余记其详，俾后人不知友道之

所在，而不轻忽于此伦。岂有伐善施劳之念哉！

【译文】

古代圣人规定了五种人伦关系，其中就有“朋友”这一伦。那些日常生活中以喝酒吃肉相互往来，说“朋”不像“朋”、说“友”不像“友”的人，就不必说了。即使是以文章相互交往，平时来往密切关系很好的朋友，而在一方遇到患难，另一方或者丢下不管，或者冷眼旁观，这样的人怎能说他具有朋友的资格啊！朋友之间的交情友谊，原本就是体现在五伦中其他四伦即父子、君臣、夫妇、兄弟这四种人伦关系所不涉及的领域，而在其间展现出真正的感情。

广西兴安县的蒋承庥（原名蒋对扬）先生，是我道光元年广西乡试时同科录取为举人的同年朋友。先前曾几次会面，但并不是好朋友。道光十五年，我从京城回家，在山东东昌府遇到蒋先生，他孤身一人没有同伴，就相约一起走。五月中旬，来到湖北樊城时，不再坐马车而改坐船，一起上船的有六位同伴。而蒋先生不幸病倒，在表示同情帮忙求医问药方面，几位朋友没有表现出什么异样。过了几天，蒋先生病势严重了，各位同伴不知道该怎么办，大家有了将这事丢给我一个人管的意思。我说：“朋友之间的感情，不在这种时候体现，那要在什么时候体现？孔子说：‘朋友死了，没人处理后事，这种情况下就由我来安葬他。’古代圣人的训词都还传下来，难道可以忘掉？虽然这只船上与蒋先生是举人同年的人，不止我一个人，但我对这件事，不敢推辞，也

運柩記 乙未道光十五年

古聖人定五倫之名、朋友居一、其平居酒肉相徵逐、
朋而非朋友而非友者、無論矣、即以文章相與稱俱
無猜、而患難之時、或棄而不顧、或淡漠視之、何足以
見友道哉、夫朋友之道、原於父子君臣夫婦兄弟所不
在之地、而見其真焉者也、興安蔣君承庥原名對揚乃余
辛巳鄉試同年友也、向屢會晤、而非至交、道光乙未
余自京旋、遇於山東之東昌府、孑身無伴、約與同行、
五月中旬、至樊城、舍車而舟、同伴六人、而蔣君病體
恤求醫、諸友無異、越數日、病篤、諸友不知所為、有委
余之意、余曰、朋友之情、不於此時見、於何時而見、孔
子云、朋友死、無所歸、於我殯、古訓具在、豈可忘之、雖
舟中與蔣君為同年者、不僅於余、而余於此事、不敢
辭、亦不忍辭、且不能辭、諸君何多慮焉、諸友默然、時

《慎动斋文集·运柩记》书影

不忍心推辞，而且也不能推辞。各位先生何必多心？”各位朋友都不说话了。当时是五月二十三日，正好行船遇上强劲南风，来到官庄停船歇宿。这晚上，各位朋友都把睡的席子拿开远离蒋先生，我就将席子移近他。蒋先生这时还能说话，我问他后事怎么处理，他嘱咐我拿出纸笔代他写信，拿回去送给他的父母。写完后，蒋先生抓住我的手说：“我就要死了！将来的棺材灵柩，兄长

打算怎样处理？”我说：“看情况办，如果尽我能力能够办到，就送回你的老家，不敢因为困难就躲避！”蒋先生拱手作揖说：“若是能够这样，我在阴间，一定会报答您的恩情！”我听了他的话掉下眼泪。过了一阵子，蒋先生已经说不出话了。二十四日黎明，他就闭眼去世了。我把同船的各位朋友叫醒，一起查看蒋先生的行李，得到二十六两银子。用了十八千钱，买了一副四开棺材，煮溶松脂将棺材里面的裂缝填满，用了许多布匹裹住遗体，当天就收敛放进棺材。再除掉各种杂费，还剩下六两银子。从此处到他的家乡还有三千里路，拿什么经费送他回去呢？我暗中盘算说：“一起坐船走的有三四只船，乘客大多数是一起参加会试的朋友。我承担这个责任，虽然用费不够，但是其他人一定会有仗义帮忙的，向他们每人借几千文钱，难道没有一个人答应？克服艰难将遗体运回他家，免得后面他家里要花费大量金钱和精力，这难道不是做一件善事吗？”于是我就决定运灵柩回广西。我的路费，这时还剩下十两银子，先拿出来用。再向他人借钱，同船的各位朋友一半人答应一半人拒绝。剩下的不足部分就向其他船上的朋友借。虽然这样做很是麻烦，但别人也还算谅解。只是灵柩停在船上，稍微有一些臭气，同船的朋友们很有点厌烦之心。但是这件事已经是骑虎难下了，也就无可奈何了。

闰六月初八日回到全州，先派人前去蒋先生家报信。初十日到达唐家司，还有两里多路就是蒋先生家。第二天将灵柩运回蒋家，蒋家当即请我和各位同船的朋友到家，摆出丰盛的酒宴款待我们。蒋先生的父亲已经七十岁了，他的痛哭声音令我心中难过，没法吃饱。这一天就把途中借的那些债都还清了，蒋家还多给我不少钱和礼物。我只接受了一只猪腿，其他的礼物钱财全都推辞了。旁边看到的人都交口称赞，认为这样艰难的事情是一般人难以做到的，也是一般人不肯做的。

啊！天下的事情只要有志向就应该能办到的。有了志向就会考虑周全，就能够坚持去做不躲避艰难困苦，这样最终就能把事情办成。这件事也是我分内应该做的事。我详细地记下来，想让后来的不了解什么是交友之道的人读后，不再轻视五伦中朋友之间的伦理关系。我哪有什么想要借此夸耀自己的品德、表白自己的功劳的意思啊！

【本文点评】

一位与作者并不很熟悉的旅途同伴，在远离家乡的地方突发急病，临死前将后事委托给作者。此事无论对任何人都是一道难题。然而作者义无反顾，一诺千金，克服艰难，在那样落后的交通条件下，从数千里外将同伴的灵柩运回广西兴安。这样的古道热肠与义举，实在是古今罕有！文中作者没有多少自赞之词，但自始至终透出一种精神之美与感人魅力。

小谷自诔

〔清〕郑献甫

【关于作者】

郑献甫（1801—1872），名存纻，字献甫，以字行；别字小谷，号识字耕田夫、草衣山人等，清代广西象州人。道光五年（1825）举人，道光十五年（1835）进士，授刑部见习主事，仅一年即因逢父母丧辞官，不再出仕。先后受聘主讲多家书院：广西宜州德胜书院、庆江书院，桂林榕湖书院、秀峰书院、孝廉书院，柳州柳江书院，广东顺德凤山书院，广州越华书院等。著述有《补学轩诗集》《补学轩文集》《愚一录》《四书翼注》等多种。参修《广西通志》，总纂《象州志》。

【原文】

身似郎官，心似处士；业似农夫，行似浪子。拟之议之，未必如是。始之终之，亦不外此。料事有识，待人无机。纵谈放论，时复中之。自信坦率，人疑恢奇。忧谗畏讥，老乃庶几。虽受人责，不为鬼非。兴往情来，精耀华瞩。娟娟此豸，温其如玉。两世因缘，一家眷属。喁喁偶偶，积之成轴。与鬼为邻，离人成独。初隐城中，再隐林泉。浮家泛宅，岂有别天？不看逐鹿，且息跕鸢。布衣草笠，以尽余年。名忘身后，事毕生前。心之所安，性之所近。能

小谷自誄

身似郎官心似處士業似農夫行似浪子擬之議之未
必如是始之終之亦不外此料事有識待人無機縱談
放論時復中之自信坦率人疑恢奇憂讒畏譏老乃庶
幾雖受人責不爲鬼非與往情來精耀華矚娟娟此豸
温其如玉兩世因緣一家眷屬喁喁偶偶積之成軸與
鬼爲鄰離人成獨初隱城中再隱林泉浮家泛宅豈有
別天不看逐鹿且息跕鳶布衣草笠以盡餘年名忘身
後事畢生前心之所安性之所近能爲必爲否則勿問
議論雖高失在太盡文章雖奇失在大儁學問雖貪失

卷四

《补学轩文集·小谷自诔》书影

为必为，否则勿问。议论虽高，失在太尽。文章虽奇，失在大隽。学问虽贪，失在太紊。知我罪我，莫爽其分。前无所师，后不为训。谁为行状？满怀和尚。谁为墓铭？圆印老僧。谁为挽诗？泉下诸姬。皆藉古人，料理后事。家破身完，时移世异。自我作故，潦草为诔。呜呼哀哉！

【译文】

外貌似乎像个朝廷官员，内心却如同山林隐士；职业似乎像个耕田农民，行为却如同江湖浪人。只不过这样比方这样议论，实际上不见得真是如此。然而从一生行事观察，这样的判断倒也不算很离谱。预料事情很有见识，对待他人没有机心。谈天论地口无遮拦，常常抓住问题要害。自己觉得为人直率，别人怀疑杰出不凡。担忧谗言害怕嘲笑，老来方才听之任之。虽然受到他人指责，不会因对方是鬼随意非议。雅兴生成感情跟随，精华耀眼令人瞩目。鬼中美女妩媚妖艳，温柔光亮如同美玉。与鬼结下隔世姻缘，似乎真是家中眷属。人鬼彼此隔空作诗，久而久之积成诗集。不辞与鬼作为邻居，愿意独居远离尘世。最初隐居于城中街巷，后来隐居于山林泉下。住所犹如漂浮的小船，难道这样就另有天地？不去看争名夺利之人，且按下建功立业之心。穿着布衣戴着草帽，安然度过剩余时光。懒得管那死后的名声，所有事都要生前完成。心中乐意做什么事情，本性就会向那里靠近。能做的事一定会做，不能做的不去过问。意见虽然十分高明，过失在于太过详尽。文章虽然十分奇妙，过失在于太过隽永。学问虽然十分渊博，过失在于涉及太多领域。无论称赞我还是指责我，都不要背离我的本分。古人中没有我的老师，后世人也不必拿我作为榜样。谁给我撰写行状？是那位满怀和尚。谁给我写墓志铭？是那位圆印老和尚。谁给我写悼念诗？是阴间各位娇娘。全都借助已故古人，来处理我死后之事。家已不存身体还完整，世道变化时光也已推移。我将我自己作为古人，匆匆忙忙写了这篇诔词。啊呀真悲哀啊！

【本文点评】

诔这种文体专用于哀悼死者，所以“自诔”就是作者还在世时给自己写的悼文。这样的举动当然显露出一种名士的洒脱。此文内容，主要是对自己一生为人及文章学问的总结，整体而言，尚无夸张过甚之弊。文字之精当，自不待言。至于文中所说自己与女鬼的交往，是因为作者曾以一些已故女性名义写过一种《幽女诗集》，大抵是一种孤寂心境的反映。

张端甫遗集后序

〔清〕朱琦

【关于作者】

朱琦（1803—1861），字濂甫，号伯韩，一作字伯韩，号廉甫，清代广西临桂县（今广西桂林市临桂区）人。道光十一年（1831）解元，道光十五年（1835）进士，历官翰林院编修、监察御史等。与吕璜、龙启瑞、王拯、彭昱尧，并称广西五大古文家。著有《怡志堂文初编》《怡志堂诗初编》《台垣奏议》等。

【原文】

十九年夏，余始至京师，即与上元梅先生游。后二年，又因先生始识吾友张君端甫。君故先生高弟，少喜诗，既习为文，出语辄高洁深邈，似归太仆。余辈数人相聚为文字饮，自梅先生外，如吴子序、余小颇、陈艺叔、冯鲁川诸君，皆雄辞博辩。每相见，论议锋起。而君往来游宴其间，引首笑昵，呐呐如不出口。余时在史馆，事简，又居城西隘巷。君顾昵余，恒相对奕棋。一日，据方罫戟手争道，梅先生适至，笑之。

未几，君以母忧归。逾年复来，述其母夫人语绝痛。梅先生叹异之，小颇亦数数向余言，而余顾未见之。君又以大父忧遽归矣。归数月，复客河南。是时小颇方出守雅州，艺叔以屡试罢归新城，独余与子序、鲁川时时过梅先生。每言端甫家庭骨肉间，以为境之苦非人所居者，莫端甫若也。

去年二月，端甫由河南重抵都。暴得疾，亟呼梅先生往诀。自指其心曰："吾已失心矣，必不活！"又目君乡人侯子勤曰："后事以属汝。"余闻，未及趋视。越日，梅先生来告曰："端甫死矣！"同人会丧于宣武门外之僧寺中。君友秦澹如及子勤兄弟，遂出其遗箧，得文数篇、诗数十首。梅先生为序而刊之，而余始得尽读君所为文及其母夫人行略。既已哀君，又叹十余年来，知交零落。君既蚤夭，其存者率多浮沉郎署，或在远方。余亦默默不自得，思投劾归去。岂其聚散之不常，固如是与？抑果如欧阳永叔所云，死生盛衰之际，皆不足道，惟托于文字，可以无穷者与？

君讳岳骏，无锡人，端甫其字也，卒年三十七。梅先生既为志其家世，友朋多为文哭之。余尤辱与君厚，乃为校其遗集，而并书余感云。

【译文】

道光十九年夏天，我刚到京城，就开始与上元梅曾亮先生交游。过了两年，又因为梅先生的缘故认识了我的朋友张端甫先生。端甫本是梅先生的学生，年轻时喜欢诗歌，后来学习写文章之后，写出的文字往往清高雅洁、意义深远，与明代归有光先生的文章相似。我们几个人常常聚在一起谈文饮酒，除梅先生外，其他像吴子序、余小颇、陈艺叔、冯鲁川等各位先生，都是文辞雄伟、善于辩论的。每次见面，大家彼此辩驳谈锋四起。但端甫在众人

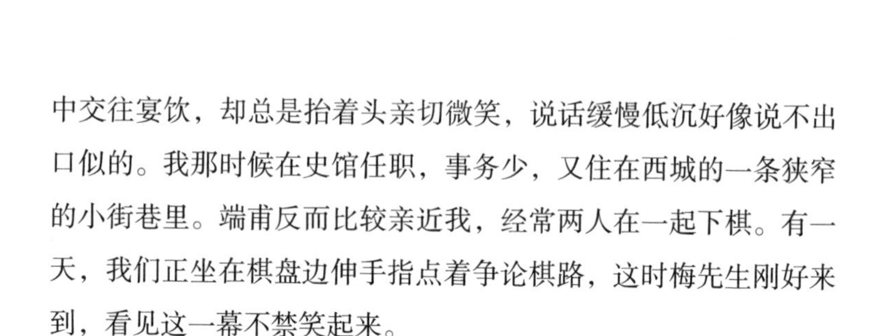

中交往宴饮，却总是抬着头亲切微笑，说话缓慢低沉好像说不出口似的。我那时候在史馆任职，事务少，又住在西城的一条狭窄的小街巷里。端甫反而比较亲近我，经常两人在一起下棋。有一天，我们正坐在棋盘边伸手指点着争论棋路，这时梅先生刚好来到，看见这一幕不禁笑起来。

没过多久，端甫因为母亲去世而回家。一年以后再回来，转述他母亲的一些话时十分悲痛。梅先生在叹息之余觉得他有些反常，余小颇也几次对我说到这一点，但我反而没有看到过这种情况。端甫不久又因为祖父去世而突然归家了。回乡几个月后，端甫又游历河南。这时候余小颇刚前往四川任雅州知州，陈艺叔因为几次会试不中而回家乡新城了，只有我和吴子序、冯鲁川常常拜访梅先生。每次都说到端甫家庭骨肉分离的事，大家都认为若论处境苦到不是人所能忍受的地步，那谁也比不上端甫。

去年二月，端甫由河南又来到京城。他突然得了急病，赶快派人请梅先生前去诀别。他指着自己的心说："我已经失去心了，必死无疑！"又看着他的同乡侯子勤说："我的后事委托给你了。"我听到这个消息，还没来得及赶去探望。过了一天，梅先生来告诉我说："端甫死了！"同事们会同一起将端甫安葬在宣武门外的寺院中。端甫的朋友秦澹如以及侯子勤兄弟，就打开端甫留下的箱子，找到几篇文章、几十首诗。梅先生写了序言并给他刊印，我这才能够读完端甫所写的文章以及他母亲的生平传略。既对端甫的去世深感悲哀，又叹息十多年来，自己的朋友命运都不怎么好。端甫已经过早夭折，还在世的朋友们大多或者在朝廷各部沉沉浮浮做点冷官，或者被派往远方边地。我自己也是默默无闻不得志，想要向朝廷呈送弹劾自己的奏折然后回老家去。难道人生的聚散无常，一定就是这个样子吗？或者果然像欧阳修先生所说的，人生在世无论命运好坏甚至是死是生，都不重要，只有寄托于文章，才能够永垂不朽？

端甫大名岳骏，江苏无锡人，端甫是他的字，去世时三十七岁。梅先生给他写了文章记载他的家世生平，朋友们大多作了诗文悼念他。我与端甫交情特别深厚，就为他校勘了留下的文集，并且写了这篇序文记下我的感受。

【本文点评】

作者的朋友张岳骏，江苏无锡人，三十余岁即去世，仅为贡生，功业未成，生平亦苦。作者在伤痛之余，又联想到自己官场生涯也不如意，不禁深感聚散无常、人生若梦。

马氏姊哀辞

〔清〕彭昱尧

【关于作者】

彭昱尧（1811—1851），字子穆，一字兰畹，号阆石山人，清代广西平南县人。道光十七年（1837）贡生，道光二十年（1840）举人。以后数次进京参加会试，均不第，退而归里，著书不复出，中年病卒。为清代广西五大古文家之一，著有《致翼堂文集》《致翼堂诗集》《彭子穆先生词集》等。

【原文】

道光十七年十月甲子，昱尧自桂林归平南。马氏姊病，吾母匿之不以告。越三日丙寅，吾母曰："而姊病矣。"趋往视之，日中而至，则以日出而殁。弥留之际，有剥啄其扉者，则讶曰："吾弟其来乎？"及病革不能言，犹张目以俟。呜呼！以骨肉天亲，思一晤以诀而不可得，可恸也已！

余之视姊疾也，将及其里，遇采菽媪于途。其一曰："马氏妇死矣。"其一曰："是归宁其母，而中蛊于路者。"其一曰："马氏惟季妇贤，如短命何？"余聆之而悸，复幸其讹。入门而姊果死！

姊之事吾母也，婉而柔；其事夫也，顺而健。柔嘉和其妯娌，贤声洽于里媪。而竟短其年，则命也！余女兄四人，惟伯姊随其婿为令而去；仲姊则壮而寡，且夭其爱子；三姊则穷而嫠；姊则窭而札。余兄弟亦落拓偃蹇。岂气类相感者然？天道幽远，尚可问哉！尚可问哉！

姊适马君飞鹏，教授里巷间，剥衣减食，戚然抱饥馁忧。其殁也，年三十六，子二女一，并幼。其辞曰：

嗟我生兮忧郁纡，免怀抱兮孩而孤。饲雏兮哺谷，惕相依兮茕茕在疚。风尘瘁兮骨肉轻，今之学兮为其名。锐而前兮跋而踬，须谆谆兮不余詈。象服之愆兮不如牛衣，道路谓贤兮呜呼曷悲。

【译文】

道光十七年十月甲子日，我从桂林回到平南。嫁到马家的姐姐病了，我母亲瞒着消息不告诉我。第三天丙寅日，我母亲说："你姐姐病了。"我赶紧小跑着去看她，中午赶到，但姐姐已经在清晨去世了。家人说她在弥留时，听到外面有敲门的声音，就惊讶地问："是我弟弟来了吗？"等到病重不能说话时，还是睁着眼睛等着我。天啊！至亲的姐弟骨肉，临死前想要见一面诀别都不能办到，这是怎样令人悲伤的事啊！

我去探望姐姐的病那一天，在将要到她所在村的地方，路上遇到几个收割大豆的老妇人。其中一个说："马家媳妇死了。"另一个说："这媳妇得病是因为回娘家看她妈妈，在路上中了蛊毒。"另一个说："马家就是小儿子的这个媳妇最贤惠，可是又这样短命，有什么办法？"我听到这些话十分恐惧，心中又希望是错误的传言。结果一进入姐姐家就知道，姐姐果然死了！

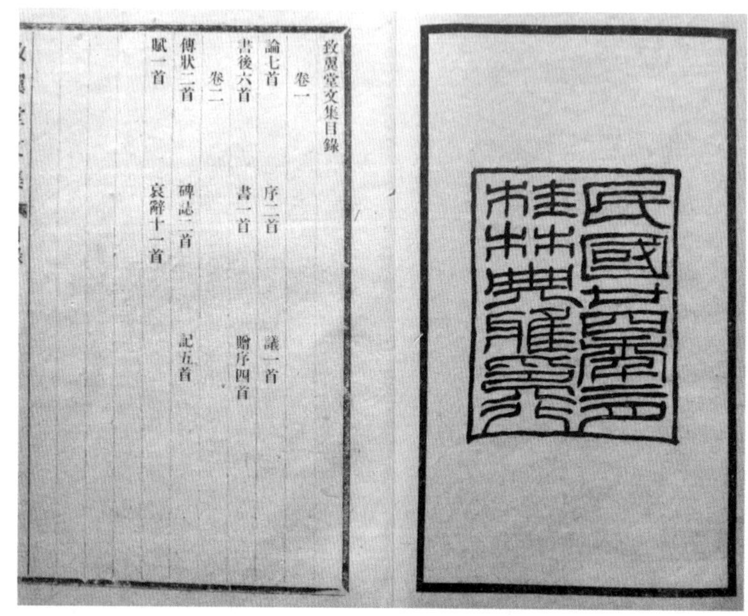

致翼堂文集目錄

卷一

論七首 序二首 議一首

書後六首 書一首 贈序四首

卷二

傳狀二首 碑誌二首 記五首

賦一首 哀辭十一首

《致翼堂文集》书影

姐姐侍候我的母亲，委婉而温和；侍候她的丈夫，顺从而勤劳。以自己的温柔善良博得兄弟媳妇们和睦相处，贤惠的名声连村里老妇人都交口赞誉。然而年纪轻轻就死去，这真是命中注定了！我有四个姐姐，其中只有大姐能够跟随她做知县的丈夫去生活；二姐壮年时就守寡，而且她心爱的儿子也夭折了；三姐既家庭贫困又死了丈夫；这个小姐姐则是贫穷而且早亡。我和兄弟也是沦落草野、进取无望。难道这真是兄弟姐妹间坏运气互相传染所导致如此吗？上天和命运之神茫茫难测，到哪里去问他啊！到哪里去问他啊！

姐姐嫁给马飞鹏君，马君在街巷间做私塾老师，一家人穿不暖吃不饱，一年到头都在担忧挨饿。她去世时，得阳寿三十六岁，有两个儿子、一个女儿，都还年幼。我的哀辞说：

可叹我平生啊被忧郁伤感所困扰，小小年纪啊父亲就离开我们。母亲就像饲养幼鸟一样啊给我们寻找食物，大家相依为命啊但总觉得孤独寂寞。四处奔波啊骨肉之情变得淡漠，我今天外出求学也是为了家族的声誉。想要锐意进取啊却进退两难，姐姐总是耐心教导啊从不骂我。耽误在对贵妇头衔的追求啊还不如在贫贱生活中彼此扶持，过路人都称赞你贤惠啊我又何必悲伤。

【本文点评】

人生于世，固然都有一死，但也应死得其时、死得其所，方无遗憾。作者的姐姐，一生穷苦，“剥衣减食，戚然抱饥馁忧”，而又三十余岁就去世，显然既非死得其时，亦非死得其所；作者既对姐姐的早逝深感悲痛，再想到自己与其他亲人的悲苦命运，不由得发出了对所谓“天道”的怀疑：“天道幽远，尚可问哉！尚可问哉！”

月牙山记

〔清〕龙启瑞

【关于作者】

龙启瑞（1814—1858），字辑五，号翰臣，一作字翰臣，清代广西临桂县（今广西桂林市临桂区）人。道光十四年（1834）举人，道光二十一年（1841）状元，历官翰林院修撰、提督湖北学政、通政司副使、提督江西学政、江西布政使等。名列粤西“古文五大家”和“三大中兴词人”。有《经德堂文集》《浣月山房诗集》《汉南春柳词钞》《古韵通说》《尔雅经注集证》等多种著作。

【原文】

桂之河东皆阛阓也。市廛尽而石桥跨之下，有小水，春夏仅通舟楫，俗所谓花桥者也。桥上东南望，水际一山郁然，红阑朱阁，隐见峰腰林隙间。渡桥数十武，始得山门。门内宽，平地可一亩。渐上则为陂陀，因乎地势，或平或矗。委折而登，行者左扶山麓，右临溪水，晴波映日，清莹可鉴。石间有小径，舟行之客从焉，皆上达汇于寺门。寺分南北二室，北室供大士像，石壁环其后，若覆釜而缺其半，其高覆檐出者，可四丈余。客来坐南室，望之愓乎，常恐怪石倾压而下者。是所谓月牙之岩也。

忆二十年前曾一游山中。时冻雪初晴，山溜之凝为冰柱者，宽可数尺，长几丈，如是者五六，宛然玉龙垂髯，下瞰窗户。正心摇目眩，錝然落其一抵石上，若碎大瓮，寺之檐角陷焉。归而魂动者弥日。

今岁月屡易，景物非故。江干桃李芬馥可爱，无复向者惘心骇目之观。而余适以清明上冢归，偶一流憩，薄暮坐阁上，视花桥人影如蚁。循去径下，恍惚若寤，益恻然霜露之感也。

【译文】

桂林城中河的东面都是街市。在街上商铺尽头处有一座石桥跨越小东江上，桥下河水一般不大，即使在春天和夏天也仅仅能够通过小船，这就是当地俗称的“花桥”。站在桥上往东南方向看，水边有一座高大的山峰，可以看到有红色栏杆的红色阁楼在山腰树林间隐隐约约地出现。过桥再走几十步路，才见到山门。门内较宽敞，有一亩左右的平地。逐渐往上走就是高低不平的坡坡坎坎，依照地势，有的地方稍平一些，有的地方直立着。沿着弯弯曲曲的山路走上去，登山的人左边扶着山麓，右边紧靠着溪水，阳光映照在清澈的溪水中，晶莹透明可以照见人影。石头间有一条小路，从船上下来的游客就从这条路走，都上山汇集到寺院门前。寺院分为南北两间屋子，北边屋子供奉着观音菩萨的塑像，一道石壁环绕在屋子后面，样子像一口缺了一半的倒扣大锅，而石壁上方又像屋檐一样伸出屋顶外面来，大约有四丈多长。游客来到南边的屋子坐着，看到北屋顶上的石头都是心惊胆战，常

桂林花桥

常担心那块怪石垮塌砸下来。这就是人们所称的月牙岩。

回忆二十年前我曾经来这里游玩过一次。当时是冻雪天气刚刚转晴，山上的冰溜凝结成为冰柱，宽几尺，长度几乎有一丈，像这样的冰柱有五六条，有如天上玉龙垂下胡须，正在俯视着窗户一样。我正看得眼花缭乱心胸震撼，突然听到轰隆一声一条冰柱落下砸在石头上，好像砸碎了一只大缸一般发出巨响，而寺院屋檐也被砸塌了一只角。我回到家后还惊心动魄一整天。

现在此事已经过去多年，眼前早已没有二十年前的景致。江边可爱的桃花李花发出芬芳的香气，再也看不到当年那种令人看了心惊胆战的景观。而我刚好因为清明节上坟回来，偶然来到这里休息，傍晚时坐在阁子上，远看花桥上来来往往的人影如同一群蚂蚁。然后我沿着小路下山，恍恍惚惚好像刚刚睡醒的感觉，心中更加怀念已故的亲人而感到悲伤。

【本文点评】

月牙山，只是“甲天下”的桂林山水中的一处景点。作者本为桂林人，对家乡山水应不陌生。他之所以特别为月牙山撰文，大概是因为他年轻时游此地，碰上山中生成南方极为少见的“冰雕”世界，而且一支硕大冰柱在他眼前坠下，砸坏了寺院的檐角。这一幕印象深刻，以致二十年后还是不能忘记这一“恫心骇目之观”，当然也因此而生出几许岁月不再的感慨。

婴砧课诵图记

〔清〕王锡振

【关于作者】

王锡振（1815—1876），改名拯，字定甫，号少鹤，又号大都山人，清代广西马平县（今广西柳州市）人。道光十七年（1837）举人，道光二十一年（1841）进士，历官户部主事、户部员外郎、大理寺少卿、左副都御史、通政使等。为后世所称岭西五大古文家之一，亦工词。著有《龙壁山房文集》《茂林秋雨词》《瘦春词钞》《读左漫录》等。

【原文】

《婴砧课诵图》者，锡振官京师所作也。锡振之官京师，姊在家奉其老姑，不能来；今姑殁矣，姊复寄食二姊，阻于远行。锡振自官京师之日，蓄志南归。以迄于今，颠顿荒忽，琐屑自牵，以不得遂其志。

念自七岁时，先妣殁，遂来依姊氏。姊适新寡，又丧其遗腹子，茕茕独处。屋后小园数丈余，嘉树荫之。树荫有屋二椽，姊携锡振居焉。锡振十岁后就塾师学，朝出而暮归。比夜，则姊恒执女红，篝一灯，使锡振读其旁。夏夜苦热，辍夜课。天黎明，辄呼锡振起，持小几就园树下读。树根安二巨石，一姊氏捣衣以

王锡振《龙壁山房文集》书影

为砧，其一使锡振坐而读。读日出，乃遣入塾。故锡振幼时，每朝入塾，所受书乃熟于佗童。或夜读倦，闲逐于嬉游，姊必涕泣，告以母氏劬劳瘁死之状，且曰:“汝今弗勉学，贻母氏地下戚矣！”锡振哀惧，泣告姊后无复为此言。

呜呼！锡振不肖，年三十矣。念十五六时，犹能执一卷就姊氏读，日惴惴然，于悲哀穷戚之中，不敢稍自放弃。自二十后出门，不复读，业日益荒怠。念姊氏之教，不可忘，故为图以自省，冀使其身依然日读姊氏之侧，庶免其隳弃之日深，而终于无所成邪！

为之图者，同年友陈君名铄，知余良悉，故图属焉。

【译文】

《媭砧课诵图》，是我在京城做官时请朋友画的。我那时在京城做官，姐姐因为要在家奉养她的婆婆，不能到京城与我一起住；现在婆婆去世了，姐姐又去跟二姐一起吃住，也不方便出远门了。我从到京城做官时开始，就有回到南方家乡的愿望。然而直到现在，我还是颠沛困顿荒废时光，被一些繁杂琐屑的事情牵累，导致一直未能实现这一愿望。

想我从七岁时，母亲就去世了，于是就来依靠姐姐生活。姐姐当时刚刚成为寡妇，又死了遗腹子，一个人孤独居住。屋子后面有一个几丈方圆的小园子，被一棵漂亮大树的绿荫笼罩着。树荫底下有两间小屋，姐姐带着我在这里住。我十岁以后到私塾学习，早晨出门傍晚才回来。到晚上，姐姐常常就拿着需要完成的女红活计，点上一盏油灯，叫我在她身边读书。夏天夜晚实在太热的时候，晚上读书就暂停。天将亮时，姐姐往往就把我叫起来，拿一张小凳子去园中树下读书。树根旁边安放着两块大石头，一块是姐姐捶洗衣物时当砧石用，另一块是让我当凳子坐着读书。每天读到太阳出来，姐姐才叫我去私塾。所以我幼年时，每天早晨到私塾读书，老师传授的内容我都比其他学童更为熟悉。有时我晚上读书疲倦了，起来跑一阵子玩一下，姐姐一定会伤心掉泪，

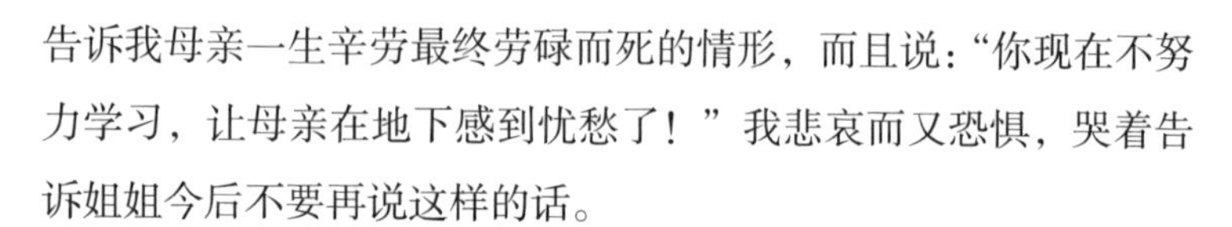

告诉我母亲一生辛劳最终劳碌而死的情形，而且说：“你现在不努力学习，让母亲在地下感到忧愁了！”我悲哀而又恐惧，哭着告诉姐姐今后不要再说这样的话。

啊！我没有出息，已经三十岁了。回想十五六岁时，我还能够拿着一卷书依偎在姐姐身边读，每天心中都担心而不安，在悲哀穷困忧愁之中，不敢稍微自我放松一点。自从二十岁离开姐姐出远门，我不再像之前那样读书，学业也一天天地懈怠荒废。想到姐姐的教诲，这是不能忘记的，所以请朋友画了这幅《媭砧课诵图》，让我看了自我反省，希望能够借此让自己觉得似乎每天还在姐姐身边读书，或者能够避免自己这样日久天长荒废堕落下去、到头来一无所成的结局吧！

画这幅图的人，是我的进士同年陈铄先生，他对我的情况十分了解，所以请他来画图。

【本文点评】

作者幼年父母双亡，由寡居的大姐养大，穷苦的姐姐靠给人做女红为生，而长期不懈督促作者读书学习，作者才得以上进，终于成名。作者请人画了一幅《媭砧课诵图》（媭，指姐姐），并作此文，以铭记姐姐恩情。姐姐的慈母形象，作者的感激之情，均历历如睹。

后　记

◆

编写此书，于我而言，既不能说十分困难，也不能说易如反掌。我已出版过四十余种书，其中有关广西历史文化的有十余种，自己的本行又是古文学、古文献教学研究，应该说对完成任务多少还有一点底气。但是此事基本上没有什么“前车可鉴”，得自起炉灶。

一些基本体例自然是需要先行拟定的：一，入选文章作者须为广西人，时间下限至清代；二，选文尽量涵盖各主要朝代，但不削足适履；三，选文文体排除诗、词、曲；四，不同版本的文字差异，择善而从，不出校语；五，以朝代先后及作者生年先后排序，生年不详者酌情判定；六，文中有错误处，径直改正。

首要的挑战是入选“美文”的确定。书名已经给了三个限制：一，须是广西之文；二，须是广西历代之文；三，须是“美文”。

第一条易办，只选作者为广西人的文章就好。但第二、第三两条就没有这么容易了。首先，我对“历代”定了一个范围：汉代至清代。因为目前尚未发现汉代之前广西人的文章，而清代之后，又涉及面过广。然而即便是汉代到清代，也超过两千年，要将如此长时间内的广西文章大致梳理一遍，并做出鉴别选择，这是有点难度的。其次，对选文的把握，也颇费脑力。“美”，是一个无具体标准可以操作的概念，也是一个众口难调的要求。甲眼中之美，可能恰为乙心中之丑。别无良法，只得多做鉴赏，比较思考，凭自己的感觉做出决断了。还有一端：众所周知，在今天，作为一种面向大众的普及性古文读物，是不能仅仅考虑艺术性的，内容是否“无害”，更在艺术之前。我在前言中也提及此点：“有些文章，其中某些内容文字在今天看来不合时宜，为免争议，也只能放弃。”这又多了一项判断抉择的工夫。至于将古文翻译成现代文，就是需要时间和精力罢了，倒不存在多大难度。现在总算完成任务，交到出版社手中了。成绩如何，评判者是读者诸君。

同时，也要感谢王梦祥先生提供的桂林山水与桂平东塔的照片，莫新雄先生提供的梁嵩状元纪念馆照片，吴国庆先生提供的智城遗址照片，黎昌锐先生提供的白石山照片，蒋薏玲女士提供的罗丛岩照片，鲍翰先生提供的桂林花桥照片，以及广大迅风公司绘制的人物画像。

杨东甫

2021 年 6 月